CALENDAR GIRL

Décembre

Audrey Carlan vit en Californie avec ses deux fils et l'amour de sa vie. Quand elle n'est pas en train d'écrire, elle fait du yoga, boit des verres avec ses amies de cœur ou est plongée dans un livre.

Paru au Livre de Poche :

CALENDAR GIRL

1. Janvier
2. Février
3. Mars
4. Avril
5. Mai
6. Juin
7. Juillet
8. Août
9. Septembre
10. Octobre
11. Novembre

AUDREY CARLAN

Calendar Girl

Décembre

ROMAN TRADUIT DE L'ANGLAIS (ÉTATS-UNIS)
PAR ROBYN STELLA BLIGH

HUGO ET COMPAGNIE

Titre original :

CALENDAR GIRL – DECEMBER

Ce livre est une fiction. Toute référence à des événements historiques, des personnages ou des lieux réels serait utilisée de façon fictive. Les autres noms, personnages, lieux et événements sont issus de l'imagination de l'auteur, et toute ressemblance avec des personnages vivants ou ayant existé serait totalement fortuite.

ISBN : 978-2-253-07041-2 – 1re publication LGF

À LA VÉRITABLE
MIA SAUNDERS

Tu n'es pas encore née mais je t'aime déjà.
J'espère qu'un jour, lorsque tu seras adulte, ma chère
amie Sarah te fera connaître cette histoire.
Je te souhaite plein d'amour et la patience
de toujours savoir faire confiance à la vie...

Chapitre premier

Écrasée par la pile de couvertures et clouée au matelas par le bras de Wes, j'essaie de sortir du lit. Hier, nous avons pris l'avion pour Aspen, dans le Colorado, et sommes arrivés aux aurores aujourd'hui. Wes m'a fait visiter rapidement son chalet familial qui, au passage, est plus grand que notre maison de Malibu, puis nous nous sommes écroulés dans sa chambre.

J'ai désormais les yeux grands ouverts, et à en croire la lumière qui inonde la pièce à travers les rideaux, il doit être près de midi. Je dégage le bras de Wes et me glisse le long du matelas, essayant de ne pas le réveiller. Je sors du lit et me fige, frigorifiée. Mon petit ensemble débardeur-culotte ne va pas suffire, la chambre est gelée ! Sur la pointe des pieds, je vais jusqu'au boîtier du thermostat et je monte la température à vingt-trois degrés. Voyons si le chauffage fonctionne !

Je trouve la salle de bains, puis repère ma valise. J'en sors un legging noir, un pull-over qui appartient à Wes et mes pantoufles ultradouces et chaudes. Miss Croft m'avait assuré que j'en aurais besoin, elle ne s'est pas trompée, il faudra que je pense à la remercier.

Déjà réchauffée, je sors de notre chambre pour nous faire du café. Je suis au milieu des escaliers lorsque je m'arrête brusquement, estomaquée. En face de moi, les baies vitrées offrent une vue sublime sur la montagne. Tout est blanc et parsemé de rochers et d'arbres. C'est époustouflant. Hypnotisée, je marche jusqu'à la fenêtre, tourne la clé pour l'ouvrir et je laisse l'air glacial fouetter mon visage et vivifier mon esprit. Ma respiration crée d'épais nuages de vapeur blanche tandis que j'admire, émerveillée, le travail du Créateur.

Lorsque je regarde l'océan Pacifique qui s'étend au-delà de notre plage, à Malibu, je me sens apaisée et j'ai la sensation d'être chez moi. Mais la scène qui s'étend devant mes yeux est majestueuse et irréelle, comme si je regardais une photo, pas la réalité.

Soudain, deux bras musclés m'entourent par-derrière et me tirent à lui, dans la chaleur de la maison.

— C'est magnifique, tu ne trouves pas ? demande Wes en nichant sa mâchoire barbue dans mon cou.

— Si, c'est splendide.

Wes m'embrasse dans le cou, et le contraste de sa chaleur sur ma peau froide me fait tressaillir.

— Je suis content que ça te plaise, vu qu'on va habiter là pendant vingt jours.

— Je ne me plaindrai pas, promis.

— Tu dis ça maintenant, mais j'espère que tu aimeras toujours autant la neige dans deux jours, quand on devra dégager la voiture à la pelle.

Je retrousse mon nez en grimaçant. Wes adore quand je fais ça et il me regarde en souriant avant de m'embrasser sur la joue.

— Que dirais-tu d'un petit déjeuner ? demande-t-il.

Mon estomac répond à ma place en grognant.

— Euh, je crois que mon ventre est d'accord.

— Ça marche. Ne reste pas dehors trop longtemps ou tes fesses vont geler, répond-il en souriant.

— Avec un peu de chance, il n'y a que le gras qui gèlera ! je m'écrie en me tournant pour lui donner une fessée.

Wes avait raison. Deux minutes plus tard, je suis congelée, alors je rentre aider mon homme à préparer le petit déjeuner. Au passage, je trouve un plaid en laine sur un des fauteuils et je m'enroule dedans. Je trouve Wes en train de sortir diverses poêles des placards pour cuire le bacon et les œufs. Il m'a dit qu'il avait appelé le gardien pour lui demander d'acheter les produits de base, histoire qu'on ait de quoi petit-déjeuner avant de devoir aller faire des courses.

Je me charge de préparer le café pendant que Wes s'occupe de la nourriture.

— Qu'est-ce que tu veux faire aujourd'hui ? demande-t-il en jouant des sourcils.

— Pas ça, je réponds en levant les yeux au ciel.

Il me dévisage en levant les sourcils.

— Bon si, d'accord, ça aussi, mais j'aimerais aller faire un tour en ville. Découvrir les environs, faire des courses et voir où les gens du coin achètent leurs tableaux. Ça m'aidera à savoir comment présenter ce reportage. L'équipe de tournage arrive dans deux jours, donc il faut qu'on soit prêts à passer la semaine avec eux.

Wes hoche la tête et retourne aux fourneaux. Lorsque nous avons fini de manger, nous nous douchons, ce qui me fait penser qu'en fait, j'ai carrément envie de ça, puis nous prenons la voiture pour aller en ville.

*

Je ne m'attendais pas à une telle beauté. Excitée comme une puce, je descends de la voiture et tourne sur moi-même. La ville est nichée au fond d'une vallée, entourée par la chaîne de montagnes. Des gens entrent et sortent des magasins, vêtus de couleurs vives qui contrastent avec le décor blanc de la nature.

— Je comprends maintenant, je chuchote, les yeux écarquillés.

— Tu comprends quoi ? demande Wes en prenant ma main.

J'ai beau porter un épais gant en cuir et laine, je sens sa chaleur se diffuser dans mon corps.

— Pourquoi cet endroit est si prisé. C'est stupéfiant. Je suis allée à Lake Tahoe et j'ai déjà vu des montagnes enneigées, j'ai même fait du ski, mais ce n'était rien, comparé à ça.

Je soupire longuement, essayant de tout emmagasiner, consciente que c'est impossible. Peut-être que je finirai par m'habituer et que je parviendrai à graver ce paysage à jamais dans ma mémoire, afin de m'y replonger chaque fois que je mourrai de chaud sous le soleil californien.

— Oui, je vois ce que tu veux dire, dit Wes. Je suis venu ici des dizaines de fois, alors ce sera chouette de voir la ville à travers tes yeux de novice.

Je souris et serre sa main.

— On commence par quoi ?

Il m'attire à ses côtés et passe son bras autour de mes épaules.

— Allons boire un café chaud ici, dit-il en désignant le *Colorado Coffee*, puis on marchera un peu. Ça te va, ma belle ?

— Tout me va quand c'est avec toi, je réponds en m'appuyant contre lui. Merci d'être venu, au fait.

Wes sourit jusqu'aux oreilles et le soleil scintille sur ses dents blanches. Ses yeux sont étincelants de joie, et je fonds sur place en le voyant aussi détendu et bien dans sa peau.

Quelque chose en Wes parle directement à mon âme, ce qui est à la fois merveilleux et terrifiant. Heureusement, la joie est plus forte que la peur. J'ai du mal à croire que, dans trois semaines, je serai Madame Weston Channing.

Nous marchons dans la rue, Wes me montre différents endroits où sortir, manger ou boire des cocktails. Nous descendons tout Main Street, et j'aperçois un joli bâtiment rose et ancien, nommé *Main Street Bakery*[1] *& Café*.

— Tu as déjà mangé là-bas ? je demande en désignant la vieille boutique.

Il est en train de répondre lorsqu'une femme en sort. Elle est aussi grande que moi, mince et vêtue d'un long blouson en cuir marron attaché à la taille, super-cool. Un foulard rose fuchsia attire l'attention sur son cou et vole dans la brise. Ses cheveux noir de jais, qui tombent en grosses boucles sur ses épaules, ne me sont pas inconnus. Je la fixe, essayant désespérément de voir son visage, mais elle baisse la tête pour chercher quelque chose dans son sac à main.

— Et ils ont des œufs Bénédictine… dit la voix de Wes, soudain lointaine.

---

1. Pâtisserie. (NdT, ainsi que pour toutes les notes suivantes.)

Toute mon attention est concentrée sur cette femme, de l'autre côté de la rue. Un picotement étrange parcourt mon corps et me perturbe. Sa silhouette et ses cheveux me font penser à quelqu'un, et mon cerveau tourne à vive allure. Je me rapproche du bord du trottoir alors qu'elle sort ses lunettes de soleil de son sac. Nos regards se croisent avant qu'elle ne les mette, et un cri d'effroi m'échappe. Je recule et me cogne contre Wes.

— Ça ne peut pas être elle… je bégaie, accablée.

De colère.

De frustration.

De désespoir.

D'impuissance.

Un sentiment d'abandon profond ravage mon cœur comme un train lancé à vive allure.

— Qu'est-ce qu'il y a, Mia ? Ma chérie, on dirait que tu as vu un fantôme !

Je cligne plusieurs fois des yeux et regarde Wes, face à moi, et ses mains posées sur mes bras.

— Je… Je… Ça ne peut pas être elle, je répète en secouant la tête et en regardant derrière lui.

Or, la femme est partie, elle a disparu, comme si elle n'avait jamais été là.

— Mais… mais… elle était là ! je m'écrie en balayant la rue des yeux.

Elle s'est volatilisée.

— Qui ? Qui as-tu cru voir ? demande Wes, inquiet.

Je ravale la balle de golf qui s'est logée dans ma gorge et, les larmes aux yeux, je regarde ceux de l'homme qui a choisi d'unir sa vie à la mienne. Il ne m'abandonnera jamais, lui, et cette prise de conscience me redonne un peu de force.

— Meryl Colgrove.

Wes fronce les sourcils.

— Bébé, je ne te suis pas. Qui est Meryl Colgrove ?

— Ma mère.

*

Wes et moi fouillons les rues pendant un bon quart d'heure, regardant dans les vitrines et dans les boutiques, mais c'est peine perdue. La femme a disparu. Wes m'aide à regagner la voiture de location, et nous rentrons au chalet. Je ne dis rien pendant tout le trajet, trop confuse pour parler.

— Ça ne peut pas être elle. C'est comme si elle était sortie de nulle part, le destin ne peut pas être aussi cruel ! Quelles sont les chances que Meryl Colgrove débarque dans la ville où je séjourne pour tourner le prochain sujet de *Vivre en Beauté* ?

Et si elle habitait là ? C'est impossible. J'ai dû l'imaginer. Ça fait quinze ans que je n'ai pas vu ma mère. Les chances que je lui tombe dessus à Aspen, dans le Colorado, sont infimes. C'est simplement quelqu'un qui lui ressemble, en tout cas, qui ressemble à celle dont je me souviens.

Mes pensées se bousculent, confuses et incohérentes.

Quand nous arrivons au chalet, je suis convaincue qu'il est impossible que la femme que j'ai vue soit ma mère. J'ai simplement vu quelqu'un qui lui ressemble, c'est tout. Fin de l'histoire. Je n'ai pas à m'inquiéter.

Cependant, mon mec n'est pas du même avis. À peine rentré, il fonce sur le bar et sort deux verres et une bouteille.

— Tu veux quelque chose à boire ? demande-t-il.

— Avec plaisir.

Je m'assieds sur un des tabourets. Wes boit une bonne gorgée de tequila, je regarde sa pomme d'Adam monter et descendre lorsqu'il déglutit.

— Qu'est-ce que t'en penses ? C'était elle ? demande-t-il calmement en appuyant ses coudes sur le bar.

Je sens qu'il est tendu, son regard plein de doutes me dit qu'il ne sait pas comment aborder le sujet. Après tout, je lui ai rarement parlé de ma mère.

— Je ne sais pas. Elle lui ressemblait énormément.

Wes hoche la tête.

— Qu'est-ce qu'on fait là, Mia ?

— Je ne sais pas, bébé, je réponds en haussant les épaules. C'est bizarre. C'est Shandi, l'assistante du Docteur Hoffman, qui nous a demandé de venir et qui s'est occupée de tout.

— Quand est-ce qu'on est censés rencontrer ce type ? Celui qui a fait un don à l'émission.

Je dois avouer que tout ça est très étrange. Cependant, j'y suis habituée, après l'année que j'ai passée. Tout a semblé être le fruit du hasard et je me suis laissé porter, allant là où j'étais demandée. Pour l'instant, cela a joué en ma faveur. J'ai rencontré l'homme de ma vie, plein de nouveaux amis et mon frère Maxwell. J'ai sauvé mon père et j'ai commencé une nouvelle carrière que j'adore. Tout n'a pas été rose, mais en fin de compte, j'en suis sortie gagnante.

Je descends du tabouret, fais le tour du bar et prends mon homme dans mes bras.

— Il s'appelle Kent Banks. Crois-le ou non, j'ai trouvé ça étrange aussi, alors j'ai appelé Max. Tu sais ce qu'il a fait ? je dis en souriant.

Mon frère est terriblement protecteur vis-à-vis de Maddy et moi. Quand il a su qu'un inconnu avait payé une grosse somme pour que je réalise un reportage sur des artisans locaux, il a trouvé ça louche.

Wes sourit et m'attire contre lui.

— Il a lâché les chiens ?

— Si tu veux dire son détective privé, alors oui. Tu sais bien que Max est parano.

— Est-ce que je t'ai déjà dit combien j'aime ton frère ? Il est génial, dit Wes en regardant au loin.

Je glousse et appuie mon front sur son torse, respirant son après-rasage. Je frémis des pieds à la tête et mon entrejambe se contracte, rien qu'à l'idée d'être de nouveau nue avec lui.

— Je suis d'accord.

— Qu'est-ce qu'il a trouvé ?

Il me serre plus fort et masse le creux de mes reins, me débarrassant des dernières courbatures du voyage, je grogne quand il malaxe un point particulièrement douloureux.

— Euh, il a dit que c'était un vétéran à la retraite. Qu'il a un diplôme d'architecte et qu'il gagne une fortune en dessinant des chalets qui sont construits partout dans le monde. Il a l'air réglo. Max allait creuser davantage, mais il n'était pas inquiet. Surtout quand je lui ai dit que tu serais avec moi.

Les mains de Wes remontent dans mon dos pour plonger dans mes cheveux, puis il saisit ma nuque et me fait lever la tête pour me regarder dans les yeux.

— Je ne laisserai jamais rien t'arriver. Tu es ma vie, mon tout. Je ne veux jamais exister dans un monde sans toi.

— Moi non plus, je chuchote.

Il baisse la tête et capture ma bouche brièvement, dans un baiser aussi léger qu'une plume.

— Je te protégerai toujours, de n'importe quoi et de n'importe qui, murmure-t-il en reculant son visage. Qu'il s'agisse du boulot, de ta famille ou des fantômes qui refont surface, dorénavant et pour toujours, nous affrontons tout ensemble, Mia.

Je hoche la tête.

— D'accord, bébé. On affronte tout ensemble.

J'appuie mon front sur le sien, et ce simple geste apaise mon inquiétude, mes doutes et mes peurs.

— Je peux t'embrasser, maintenant ? gronde-t-il à voix basse, comme s'il perdait le contrôle.

C'est justement ce dont j'ai envie, ou plutôt, ce dont j'ai besoin.

— S'il te plaît, oui.

Chapitre 2

Lorsque les locaux veulent traîner entre amis, se détendre et boire une bière en mangeant des chicken wings, ils vont à la *Taverne de Zane.* En tout cas, c'est ce que dit le site Internet du bar, et Wes est d'accord. Quand il était à la fac, lui et les mecs de sa fraternité allaient dans ce pub après une longue journée sur les pistes et, souvent, ils finissaient la soirée dans les bras d'une nana dont le seul but était de rencontrer un mec riche et canon. À l'époque, Wes aimait faire la fête.

Nous descendons main dans la main les marches raides qui mènent au pied de la façade aux portes vertes. Un grand panneau rectangulaire, peint en lettres dorées sur fond noir, occupe toute la longueur du mur et indique que nous sommes bien à la *Taverne de Zane*.

Je trouve illogique de descendre des marches pour entrer dans un bâtiment dans un coin où il neige énormément. J'aurais trouvé plus judicieux de monter pour atteindre la porte d'entrée, ce qui permettrait d'éviter la neige. Cela dit, peut-être est-ce un moyen pour que les clients restent à l'intérieur et continuent à dépenser leur argent.

Wes m'ouvre la porte et m'emboîte le pas. Le lieu me rappelle tout de suite le pub de Declan, à Chicago, où Hector et Tony m'ont amenée pour la Saint-Patrick. C'est grâce à ce jour-là, entre autres, que Wes et moi sommes ensemble. Il m'a fait la surprise de m'y retrouver, ce soir-là, et nous avons passé une nuit torride et inoubliable avant qu'il ne reparte, ne laissant derrière lui que son parfum viril et une odeur de sexe. Au fond de moi, je savais déjà qu'il y avait quelque chose de puissant entre nous, mais je refusais de l'admettre. J'ai tout fait pour garder mes distances. J'ai même passé une nuit avec Alec en avril, quand j'ai appris que Wes se tapait Gina DeLuca, la star de son film. Puis j'ai passé un mois à coucher avec Taï, mon Samoan, pour l'oublier, mais ça n'a pas marché. Au contraire, ça m'a plutôt aidée à voir ce que je voulais vraiment.

Wes pose sa main chaude dans mon dos et me guide à l'intérieur. Il y a plusieurs écrans dans le pub et tous montrent le même match de football américain. D'aussi loin, je n'arrive pas à voir qui joue, mais les maillots des clients et leur concentration me disent que c'est un match important.

Wes m'aide à enlever mon blouson de ski et le met sur le dossier de mon tabouret de bar.

— Alors, à quelle heure arrive ce type ? demande Wes en regardant sa montre.

À l'époque où tout le monde regarde l'heure sur son téléphone, j'aime le côté un peu vieux jeu et traditionnel de Wes.

— À dix-neuf heures, je crois.

— Alors buvons une bière, on a vingt minutes à attendre.

— J'ai bien besoin d'un verre, c'est clair, je soupire en appuyant mes coudes sur le bar brillant.

— Chérie, il ne se passera rien tant que je serai là. Tu es en sécurité avec moi. Si ce type est louche, je le remettrai à sa place, fin de l'histoire. Ne t'inquiète pas. Profite juste de boire un verre avec ton mec, d'accord ?

— Tu as raison, merci.

Je pose ma main sur la sienne et me penche pour embrasser la bande de peau nue sur son poignet.

— Qu'est-ce que tu veux boire ?

J'étudie la longue liste de bières pression.

— J'aimerais bien du cidre, s'ils en ont.

— Eh, Weston Channing ! s'exclame le barman en venant vers nous. Comment tu vas, frangin ?

L'homme doit avoir la trentaine. Il porte une moustache et une longue barbe rousse, et il sourit jusqu'aux oreilles. Ses yeux sont noisette avec des reflets roux, comme ses cheveux. Il est vêtu d'une chemise à carreaux rouges et noirs, ouverte sur un t-shirt blanc, et un jean déchiré rentré dans des bottes à lacets. Il a le look d'un homme qui passe ses journées à couper du bois, et ça lui va à merveille.

Wes lui serre la main, la sienne semble minuscule dans la paume de l'autre. Mon mec est loin d'être petit, mais à côté du barman, il ne fait absolument pas le poids. Mon frère non plus, d'ailleurs, c'est pour dire.

— Alex Corvin ! Comment tu vas, frangin ? s'exclame Wes en posant son autre main sur leurs mains jointes.

J'adore quand les hommes font ça !

Le barman secoue la tête, et sa barbe suit le mouvement. Je ne connais personne qui soit fait pour porter la barbe, mais ce type s'en sort à merveille. Je dois admettre qu'il est sexy, le look bûcheron me plaît bien. D'ailleurs, je parie que ça plaît à la plupart des femmes. Il faut que je le prenne en photo et que je l'envoie à Gin. Elle aura forcément une remarque cochonne à faire, et j'ai bien besoin de rire.

— Alex, je te présente ma fiancée, Mia Saunders, dit Wes en passant son bras dans mon dos. Mia, voici Alex. On était à la fac ensemble.

Je lui tends la main qui disparaît carrément dans la sienne. Waouh.

— C'est un plaisir de te rencontrer, Mia. Bon sang, Wes, tu t'en es trouvé une jolie, hein ?

— Tu aurais préféré qu'il s'en trouve une moche ? je demande.

Wes et Alex éclatent tous les deux de rire, Alex caresse sa barbe.

— En tout cas, j'ai trouvé la bonne, c'est clair, répond Wes en m'embrassant sur la tempe.

Alex appuie ses coudes sur le bar et me regarde avec un air conspirateur.

— S'il ne te traite pas bien, ou que tu as besoin d'un homme digne de ce nom, tu sais où me trouver, n'est-ce pas ? dit-il d'une voix suave et séductrice.

Wes pousse Alex en arrière en posant sa main sur son front.

— Allez dégage ! s'exclame-t-il en riant. Plus sérieusement, Alex, la dernière fois que je t'ai vu, tu travaillais à Wall Street et tu étais rasé de près et en costard. Et maintenant, te voilà, dans notre bar habituel, à servir des bières et des burgers ?

Alex essuie le comptoir devant nous.

— Laissez-moi vous servir à boire et je reviens vous expliquer.

Il me sert un cidre et une Guinness pour Wes, puis il va servir d'autres clients avant de revenir à nous.

— Donc, voilà l'histoire, commence-t-il en croisant ses énormes bras et en jouant avec sa barbe. Je gagnais une fortune à Wall Street…

Lorsque Wes boit une gorgée de Guinness, un peu de mousse blanche se colle sur sa lèvre et je la regarde comme si elle détenait la clé de l'univers. Je me penche pour l'essuyer avec mon pouce, puis je lèche mon doigt et le regard de Wes s'assombrit.

— Ne commence pas, gronde-t-il.

Je me ressaisis et me concentre sur Alex, qui a cessé de parler.

— Continue, mec, dit Wes.

— T'es sûr ? Elle a l'air plutôt partante. J'ai un bureau en bois massif à l'arrière, si ça devient trop dur, lance-t-il en souriant.

Une bouffée de chaleur m'envahit, je sens que je rougis jusqu'aux oreilles.

— Non, ça va, t'en fais pas. Je m'occuperai d'elle à la maison, dit Wes en me faisant un clin d'œil.

Un clin d'œil. À moi ! Cet enfoiré ne paie rien pour attendre. Comme si j'étais la seule à être excitée en permanence ! J'appuie le verre de cidre froid sur ma joue, savourant sa fraîcheur.

— Il s'avère que je déteste travailler avec les chiffres, sauf quand ils sont sur l'addition d'un client. J'adore être en contact avec les gens, faire de nouvelles rencontres et offrir un bel endroit à mes clients. La tension et le stress allaient me tuer, alors je suis parti.

— T'es parti ? s'exclame Wes en s'étouffant sur sa bière. Mais tu ne gagnais pas des millions ?

— Si. En tout cas, j'avais assez d'argent pour reprendre ce bar à son propriétaire et m'acheter une baraque. Maintenant, je profite du grand air tous les jours. Et j'adore ma vie.

— Et les amours ?

Les épaules d'Alex retombent immédiatement, sur un homme de cette taille, c'est sacrément impressionnant.

— Un jour, peut-être.

Wes pose une main sur le bras de son pote.

— Je suis content pour toi.

Alex me regarde, sourit et penche la tête sur le côté.

— Et je suis très content pour toi, dit-il.

— Je ne me plains pas, dit Wes en m'attirant contre lui.

*

Quand nous avons fini nos verres, Wes commande une nouvelle tournée et je ne vois pas le temps passer. Soudain, quelqu'un tapote mon épaule.

— Euh… vous êtes Mia Saunders ? demande une grosse voix.

Je me tourne sur mon tabouret et je lève la tête… très haut. Je découvre un visage brut et beau, d'épais cheveux bruns qui retombent sur ses yeux. Sa mâchoire carrée est rasée de près et son menton a une fossette en son milieu, comme celles qui donnent envie aux femmes d'y mettre le pouce pour le tenir en l'embrassant. En tout cas, si j'avais trente ans de plus, je n'aurais rien contre embrasser cet homme. Il est vêtu d'un t-shirt blanc à manches longues, sous une chemise laissée ouverte. En fait, ce look doit être à la mode dans ce coin, parce qu'Alex est habillé pareil alors qu'il a vingt-cinq ans de moins.

— Bien sûr que vous êtes Mia, ajoute-t-il.

Il semble prendre note de mes cheveux, de mon visage, de mon corps, avant de s'arrêter plus longtemps sur mes yeux, me faisant frissonner.

Wes se lève et se place devant moi et, cette fois, j'apprécie son geste protecteur. Cet homme me regarde comme s'il me connaissait, et c'est très déconcertant.

— Vous êtes Kent ? demande Wes.

— Kent Banks, répond l'autre en lui tendant la main. C'est à cause de moi que vous êtes là.

Wes lui serre la main et se présente, et j'en fais de même.

— Vous avez le temps de discuter ? dit-il en désignant une table avec une banquette.

J'attrape mon verre de cidre.

— Bien sûr, merci.

Autour de nous, les supporters s'agitent, la fin du match approche. Ils ne semblent pas avoir d'équipe préférée, car chaque action est accompagnée d'applaudissements ou de sifflements. J'y suis habituée, étant donné que j'ai travaillé dans des bars presque toute ma vie. Le bruit ne me dérange pas et je sais en faire abstraction.

— Alors, Monsieur Banks. Auriez-vous l'amabilité de me dire pourquoi vous avez payé une fortune pour me faire venir ici, moi, en particulier, pour faire une émission sur les artistes locaux, dont votre femme ?

— Je n'ai pas payé un centime, répond Kent en fronçant les sourcils et en croisant les bras.

Je regarde Wes qui semble aussi confus que moi.

— Mon patron m'a dit que vous aviez fait un don très généreux pour que je vienne faire un sujet sur votre femme.

— C'est faux, répond-il en secouant la tête.

— Alors, il doit y avoir un malentendu. Vous n'avez pas demandé que je vienne ? je demande, incertaine.

Si ce n'est pas le cas, pourquoi suis-je à Aspen, et pourquoi m'a-t-il donné rendez-vous dans un bar pour discuter avant l'interview ?

— J'ai demandé que vous veniez, oui, mais pas dans les conditions que vous décrivez.

Wes prend ma main pour m'arrêter lorsque j'ouvre la bouche pour le contredire. Cette histoire est insensée et il ne fait rien pour éclairer la situation. Je déteste ça, j'ai l'impression d'être stupide.

— Monsieur Banks, ce que ma fiancée et moi essayons de comprendre, c'est pourquoi vous lui avez demandé de venir. Pourquoi elle, en particulier.

Kent joue avec le dessous de verre en carton.

— J'ai pensé que ce serait une bonne pub pour ma femme. Son travail est génial, et vous faites des émissions sur les gens qui créent de la beauté. Je suppose que ça vous vient naturellement, parce que vous êtes superbe. Ma femme a vu votre émission et ça l'a… excitée.

Il balaie la pièce du regard et je devine qu'il ne me dit pas tout. À Las Vegas, on apprend à lire les mensonges sur les visages des gens. Et Kent Banks ne dit pas toute la vérité.

— Excitée ? je demande.

— Oui. Elle n'est pas facile à apprivoiser et quand elle vous a vue à l'écran, j'ai… euh… su qu'il fallait que je vous fasse venir.

— Pourquoi moi ?

Il me regarde intensément. C'est affreusement gênant et j'ai l'impression que ce qu'il voit ne lui plaît pas. Je n'aime pas ça, j'ai confiance en moi, d'habitude, mais je me sens… petite, sous son regard perçant.

— Je n'ai pas demandé que ce soit vous, ç'aurait pu être n'importe qui.

Il s'efforce d'avoir l'air nonchalant, mais je ne suis pas dupe. On m'a raconté des tonnes de mensonges, que ce soit mon père, Blaine, ou d'autres, et ce type fait exprès de rester vague. C'est juste que je ne sais pas pourquoi.

— Parlez-moi de vous.

Avant d'appeler Shandi pour lui hurler dessus, j'ai besoin d'en savoir plus sur le type qui m'a fait venir ici. J'ai de plus en plus l'impression que cette garce m'a fait un sale coup. Elle voulait sans doute m'éloigner de L.A. pour avoir le Docteur Hoffman pour elle toute seule. Cette meuf est tarée. Elle sait que je suis folle amoureuse de Wes et que Drew est dingue de sa femme, mais elle fait tout pour saboter mon travail.

Et puis, il y a ce bûcheron et les histoires qu'il invente. Ça sonne faux. Et mon père m'a toujours dit que si quelque chose sonne faux, il faut creuser davantage. Kent ne m'a pas fait venir ici pour rien.

Il fait signe à la serveuse de venir et commande une bière.

— Je suis un vétéran de l'armée. À la fin de mon service militaire, j'ai obtenu mon diplôme d'architecte et j'ai utilisé mes contacts au gouvernement pour décrocher de gros contrats. Ça fait quinze ans que je fais ça, et ça m'a offert la vie dont je rêvais. Une vie avec la femme que j'aime, plus d'argent qu'il n'en faut, une maison magnifique et du terrain. C'est le rêve américain, et c'est tout ce que j'ai toujours voulu.

— Vous avez des enfants ? je demande.

— Non. J'en ai toujours voulu, mais… non.

— Pourquoi pas ?

— Le bon moment n'est jamais arrivé. J'étais dans l'armée jusqu'à trente-cinq ans. J'ai rencontré ma femme quand j'en avais quarante, elle ne voulait pas d'enfants.

Je bois une longue gorgée de cidre.

— Votre femme est artiste ici ?

— Oui, elle a une galerie sur Main Street qui s'appelle 4M.

— 4M comme le chiffre et la lettre ? je demande pour savoir où aller demain.

— C'est ça.

— Qu'est-ce que ça veut dire ? Le 4 et le M ?

Il secoue la tête et son visage s'assombrit.

— Je ne sais pas vraiment. Elle m'a dit que ça représentait quelque chose qu'elle avait dû laisser derrière elle, il y a longtemps.

Wes finit sa Guinness et repose son verre sur la table.

— Écoutez, Monsieur Banks. On ne peut pas dire que tout ça ait été très plaisant. Je suis sûr que vous êtes sympa, mais Mia ne devrait pas être là dans des circonstances douteuses.

— Qu'est-ce que ça veut dire ? répond Kent d'un ton défensif.

— Ça veut dire que je ne vais pas laisser ma future femme se faire balader par son assistante mal renseignée. Mia, chérie, je suis sûr que si tu appelles Hoffman, il pourra clarifier la situation et nous rentrerons à Malibu avant Noël.

— Malibu ? C'est là que vous habitez ? demande Ken, surpris.

— Ouais, je réponds en pensant à l'occasion ratée de passer Noël sous la neige.

Je n'ai pas envie de partir.

— Eh bien, vous avez fait un sacré chemin pour repartir bredouilles, non ? Ma femme a beaucoup de talent, et je suis sûr que si vous allez à sa galerie, vous trouverez ce que vous avez toujours cherché. Un morceau de vous-même, dit-il. Après tout, l'art ouvre l'âme et laisse entrer la lumière là où il n'existait que pénombre.

— Vous insinuez que mon âme est sombre ? je rétorque.

— Pas du tout, non, pourquoi vous penseriez ça ?

— Bon, je crois que nous allons partir. Merci de nous avoir rencontrés, Monsieur Banks. Tout ça semble... je ne sais pas... étrange, je dis en secouant la tête.

Il se lève, plonge ses mains dans ses poches et me dévisage. J'en ai encore la chair de poule. C'est comme si je lui faisais penser à quelqu'un qu'il a connu.

— J'espère que vous déciderez de rester, Mia. J'ai le sentiment que vous allez trouver quelque chose que vous ne pensiez pas chercher.

— Quoi, vous êtes voyant, aussi ?

— Non, je suis juste un vieux sage, répond-il en souriant.

— Vieux ? Vous ne pouvez pas avoir plus de cinquante ans, si ?

— J'ai cinquante-cinq ans.

— Ce n'est quand même pas vieux. Votre cœur est encore jeune.

— Tout le monde est guidé par son cœur, d'une façon ou d'une autre.

Il a vraiment une façon étrange de parler, pour un vétéran-architecte.

— J'espère que vous resterez. Ce serait une bénédiction que vous rendiez visite aux galeries.

Une *bénédiction* ? Quel étrange choix de mot !

— On verra, dit Wes en m'aidant à mettre mon blouson.

— En effet, je pense que beaucoup d'yeux vont s'ouvrir durant les prochains jours.

— D'accord, si vous le dites, je dis en levant les yeux au ciel.

Wes prend mon bras et je me tourne pour saluer le bûcheron géant. Il lève la main et l'agite lentement, comme s'il ne voulait pas nous dire au revoir.

Nous allons à la voiture et Wes ouvre ma portière. Une fois au volant, il se tourne vers moi en fronçant les sourcils.

— Ce type est louche.

— Ouais, mais il a l'air inoffensif. Je vais appeler Shandi pour l'engueuler de nous avoir envoyés ici. C'est pas cool de sa part.

— Non, c'est clair. Qu'est-ce que tu veux faire ? L'équipe de tournage arrive demain soir, et la famille arrive dimanche pour les fêtes. Tu veux annuler et rentrer à la maison ? Passer Noël sur la plage ? demande-t-il en jouant des sourcils.

Je fais la moue et le regarde avec des yeux de cocker.

— Noël sous la neige ?

— Noël sous la neige, je répète en souriant jusqu'aux oreilles.

— D'accord, bébé. Alors, ce sera un Noël tout blanc. Tu veux quand même tourner le sujet ?

Je pourrais facilement refuser. D'habitude, c'est moi qui choisis mes sujets, mais ce n'est pas une mauvaise idée de filmer les artistes locaux. Les fans de l'émission apprécieront, surtout pendant les fêtes, quand les gens se sentent d'humeur à faire plein de choses manuelles.

— Je pense qu'on devrait le faire.

— C'est vrai que ce serait facile. Il suffit d'aller dans les galeries, d'interviewer les artistes et de montrer les superbes environs. C'est parfait pour la saison.

— C'est vrai. Et puis, je suis curieuse maintenant de rencontrer la femme de ce type, pas toi ?

— Pas vraiment, non, répond-il en secouant la tête. J'ai l'impression qu'on est sur le point de se faire ratatiner.

— Ratatiner ?

— Ouais, comme si quelque chose allait nous tomber dessus, répond-il en frappant sur le tableau de bord, comme s'il écrasait un moustique.

— T'es bargeot ! je m'exclame en riant.

— Eh, c'est moi qui te dis ça normalement, pas l'inverse.

— Plus maintenant, je t'ai passé le trophée du plus grand fou de Malibu !

Il lève les mains en l'air, comme s'il tenait une récompense.

— Je voudrais dédier ce prix à ma superbe femme, Mia, dont la folie ne connaît aucune limite et qui me rend fou, surtout quand elle me lèche, me suce, me prend dans sa…

— Rends-moi mon trophée ! je m'exclame en faisant mine d'attraper le prix invisible.

Nous passons le reste du trajet à rire et à dire n'importe quoi, et lorsque nous arrivons enfin au chalet, nous sommes tous les deux un peu bargeots.

Chapitre 3

Wes s'agite dans son sommeil en marmonnant de façon inintelligible. Je tends le bras pour poser la main sur son torse, il se calme instantanément. Une simple caresse suffit. Cela en dit long sur la puissance du lien qui nous unit.

— Mia, ma Mia, soupire-t-il.

Il continue de murmurer des phrases sans queue ni tête. Par la fenêtre, je vois le soleil se lever. J'ai laissé les rideaux ouverts pour que le mur de montagnes immaculées soit la première chose que je vois en ouvrant les yeux. La vue est tellement différente de celles auxquelles je suis habituée. J'apprécie que la nature nous ait donné une telle variété de paysages à admirer. Je me demande comment ce doit être au printemps, tout vert et luxuriant. Certainement superbe. Il faudra que je parle à Wes de revenir quand il fera plus chaud.

— S'il te plaît, Mia… S'il te plaît.

Sa voix n'est guère plus qu'un chuchotement, mais cette fois-ci, j'entends tout.

S'il te plaît quoi ? Je m'assieds dans le lit et regarde mon homme. Son torse est nu, exposant ses muscles sculptés. Il a repris le poids qu'il a perdu pendant sa captivité en utilisant la salle de muscu à la maison et l'océan pour se raffermir. Il me suffit de le regarder pour qu'une vague de désir déferle dans mes veines et embrase mon sang. Je mouille déjà en le matant et, incapable de me retenir, je promène mon index sur son torse.

Wes gémit et tourne la tête comme si, dans son sommeil, il essayait de se rapprocher de moi. Je dégage la couette et découvre que sa verge est déjà dure. Je salive en regardant le superbe pénis qui m'appartient, qu'aucune autre femme ne touchera, ne sucera, ne baisera jamais. Il est à moi, et en échange, Wes me possède corps et âme. On ne peut pas dire que ce soit équitable, car je suis loin d'avoir la même valeur que lui. Or ici, maintenant, je peux lui faire n'importe quoi et il succombera, pleinement, entièrement, sans hésitation.

L'idée d'exercer une telle influence sur les désirs d'un autre et de lui donner du plaisir comme bon me semble est enivrante.

Je dégage complètement la couette et chevauche ses jambes, puis je me penche jusqu'à ce que mon visage soit juste au-dessus de son sexe. Son odeur virile me fait tourner la tête et je ferme les poings. Wes. Il n'y a qu'un homme qui sente comme ça, et mon corps le reconnaîtrait n'importe où, nous sommes connectés de façon viscérale et primitive.

Du bout de la langue, j'effleure sa verge épaisse. Son goût riche et salé ravit mes papilles, une bouffée de chaleur m'envahit et se niche entre mes cuisses. Mon bassin avance dans le vide et ma chatte se contracte, désespérée de sentir le sexe de Wes enfoui en elle… mais pas encore.

J'expire, libérant les flammes de mon désir sur sa queue. Il remue légèrement, pousse un grognement, et je vois son sexe durcir davantage. J'adore regarder le corps masculin, voir comment l'excitation se précipite dans le membre le plus délicieux des hommes avec une violence qui n'a d'égale nulle part. Je n'ai jamais pensé qu'un pénis était beau, auparavant, mais celui de Wes l'est réellement. Au repos, il est doux, pend sur quelques centimètres, et est couvert d'une fine couche de poils soigneusement entretenus. En érection, il me fait perdre la tête. D'ailleurs, je suis convaincue qu'il n'existe que pour me donner du plaisir. Sa verge est longue, épaisse et dure comme fer dès qu'il pense à me prendre. C'est ce qui me plaît le plus, je crois. Parfois, les hommes prennent du temps à bander, pas Wes. Le moindre soupçon d'une escapade suffit à le préparer. Son appétit sexuel rivalise avec le mien. Nous sommes parfaits l'un pour l'autre.

Je pose ma langue à plat sur sa verge et je commence à la base pour le lécher jusqu'à la pointe. Son corps se contracte et ses abdos se transforment en briques carrées. Ses mains plongent sur ma tête, et je ne m'arrête pas. Qu'il soit réveillé ou non, mon homme adore sentir ma bouche sur lui. Je ne pourrais plus m'arrêter même si je le voulais, et je ne le veux pas.

Je suce son gland et lève la tête. Les paupières de Wes s'entrouvrent et il me regarde en clignant lentement des yeux. Ma langue tourne autour du sommet de son sexe et je déguste la goutte qui en jaillit, son goût salé me fait gémir.

— Tu es une déesse. Je ne renoncerai jamais à un amour comme le tien, grogne-t-il.

Je fredonne contre sa queue, puis je le prends aussi profondément que possible. Ce que je ne peux prendre dans ma bouche, je l'enserre dans ma main. Sa tête retombe en arrière, mais ses doigts se referment sur mes cheveux. Je sais qu'il veut soulever son bassin mais qu'il se retient, et je l'aime encore plus pour sa volonté herculéenne. Si nos rôles étaient inversés, je serais déjà en train de frotter mon sexe contre son visage, d'ailleurs il adore ça.

La douleur lancinante entre mes jambes contrôle mes gestes et je m'allonge contre ses jambes pour me frotter à sa cuisse. Lorsque mon sexe mouillé touche sa cuisse, Wes soupire en sifflant.

— Bébé, tourne-toi et mets ta chatte sur mon visage. Tout de suite.

Je secoue la tête et le lèche plusieurs fois avant de répondre.

— Pour toi, pas pour moi.

Il agrippe mes cheveux et soulève ma tête.

— Si c'est pour moi, alors tourne-toi et donne-moi ta chatte. Je veux sentir ton miel sur ma langue quand je jouis. Maintenant. Tourne-toi.

Je suis trop excitée pour refuser. Je me tourne et place mes genoux de part et d'autre de sa tête, sur les oreillers, et je suis à peine installée que Wes glisse lentement ses doigts dans mon antre mouillé.

— Doux Jésus, tu as déjà joui ? susurre-t-il.

Je secoue la tête.

— Bon sang Mia, tu es trempée. Quand tu as autant envie, prends ce qui est à toi. Maintenant dis-moi, de quoi as-tu envie ? demande-t-il alors que sa bouche est à quelques millimètres de mon sexe.

— De jouir, je chuchote.

— Tes désirs sont des ordres.

Il pose une main sur mon dos et la promène jusqu'à ma nuque.

— Mais avec ma queue dans ta gorge, ajoute-t-il en appuyant sur ma tête.

Je n'attends pas une seconde de plus, je remonte le long de son sexe en y déposant des baisers mouillés. Son gland dégouline de liquide préséminal et un cri m'échappe, car il choisit ce moment pour capturer mon clitoris dans sa bouche et le sucer. Il pousse ma tête pour que je l'avale et il soulève le bassin pour s'enfoncer dans ma gorge en même temps qu'il plonge ses doigts en moi.

Je décolle comme une fusée, tressautant sous l'effet de mon orgasme. Un plaisir intense jaillit dans mes veines, depuis mon clitoris jusque dans tout mon corps. Ses doigts me maintiennent en l'air et je m'étouffe sur son sexe. Wes le réalise, alors il empoigne mes cheveux pour soulever ma tête. Une nouvelle décharge électrique se précipite dans mes veines, mêlée au picotement de mes cheveux tirés et aux allers-retours furieux de ses doigts. Il continue de me sucer et je sens une seconde tournée de plaisir s'accumuler dans mon bas-ventre.

— Mia, ta bouche, ma chérie. Suce-moi, et je te renvoie au septième ciel.

Je secoue la tête, comme pour me réveiller d'un rêve, et je me mets au travail. Chaque coup de langue sur son érection est assorti d'un coup de langue sur ma chatte. Chaque fois que je le suce, il suce mon clito. Je le prends profondément dans ma gorge et il synchronise les mouvements de sa langue avec les allers-retours de ma bouche. Ses doigts saisissent mes fesses et m'écartent davantage, puis sa langue trace les contours de mon sexe avant de redescendre sur mes lèvres trempées. Je me frotte à son visage, cherchant à assouvir mon plaisir, et il ne me déçoit pas.

Je tiens fermement la base de son sexe, arrêtant brusquement son orgasme.

— Putain ! gronde-t-il.

Je me dépêche de me retirer de sa bouche et, avant qu'il ne puisse me punir, j'aligne mon sexe sur sa queue et m'assieds brusquement sur lui, nous arrachant à tous les deux un cri rauque. Il saisit mes hanches et me tient alors que je le chevauche, façon cow-girl inversée. Les sensations sont brutales dans cette position. Chaque aller semble m'empaler et c'est à la fois délicieux et insoutenable. Je me penche en avant et appuie mes mains sur ses tibias pour une meilleure prise.

— Mon Dieu, susurre-t-il.

Il serre plus fort mes hanches et quand je tends les mains vers ses pieds et me penche encore plus, sa queue se loge si profondément en moi que je peine à respirer.

— Bon sang, gronde-t-il en serrant les dents.

Je reste immobile quelques instants, laissant mon corps s'ajuster à cette nouvelle intrusion. J'ai l'impression que si je me penchais en arrière, je le sentirais jusque dans mon ventre. Je me soulève sur mes genoux pour aller et venir sur sa verge, explorant cette sensation. Chacune de mes terminaisons nerveuses crépite quand son épaisseur me pénètre et me transperce, frappant mon point le plus sensible.

— Wes, je gémis en accélérant.

— C'est ça, bébé, prends-moi bien profond. Plus fort. Tu peux aller plus vite, gronde-t-il.

Je vois ses orteils se recroqueviller et, alors que je m'habitue à la position, une de ses mains quitte mes hanches et son doigt dessine des cercles autour de mon antre interdit. Hypnotisée par son geste, mon bassin bouge également en rond, remuant sa queue en moi. Lorsque je me soulève, son pouce commence à se frayer un passage. Lorsque je redescends, son pouce s'enfonce.

— Mon Dieu, je ne sais pas si je peux supporter…

J'essaie de me soulever, mais Wes m'en empêche.

— Tu prendras tout ce que j'ai à te donner, Mia.

Son pouce suit les va-et-vient de mon bassin, et l'intensité de la stimulation est envoûtante.

— Un jour, je prendrai tout. Tout ce que tu as à donner, pour le garder en sécurité, le protéger avec toute mon âme.

Sa voix est pleine d'émotion, ou de désir, ou peut-être les deux, je ne sais pas. Tout ce que je sais, c'est qu'il me remplit, me complète et fait chavirer mon univers.

— Mon Dieu, je t'aime, je dis en me soulevant et en me rabaissant violemment.

Je penche la tête en arrière et je jouis alors qu'il est enfoui en moi. Son pouce continue de bouger, poussant mon orgasme vers des sommets si hauts que j'en perds ma capacité à respirer.

— Oh, ta chatte est tellement serrée, elle m'étrangle, dit-il en libérant mes fesses.

Il saisit de nouveau mes hanches et me pénètre plusieurs fois jusqu'à ce que, le bassin en l'air, il éjacule en moi avec un long gémissement émerveillé. C'est trop. Trop de sensations. Trop d'amour. Tout simplement trop. À tel point que j'en perds connaissance.

*

Lorsque je me réveille, les mains de Wes sont dans mes cheveux et ma tête repose sur son torse. Précautionneusement, je tends les orteils et sens des courbatures dans mon ventre, mon dos et mes parties intimes. En fait, j'ai l'impression d'avoir monté un cheval à cru et d'en être tombée.

— Ah, te revoilà. Je t'ai perdue une minute, on dirait.

— Je suis restée inconsciente longtemps ? je marmonne contre son torse, ne voulant plus solliciter mes muscles.

— Juste assez longtemps pour te retirer de ma bite, te retourner et te blottir contre moi. Je n'arrive pas à croire que tu aies perdu connaissance.

— Ouais, eh ben, c'était intense, je dis en embrassant son torse.

Wes continue de caresser mes cheveux et mon dos.

— Oui, c'est vrai. Qu'est-ce qui t'a donné envie d'essayer cette position ?

— Je ne sais pas, c'est la première fois. Tu m'as rendue tellement folle qu'il fallait que je te prenne, et c'était plus rapide que de me retourner.

— C'est vrai, acquiesce Wes. En tout cas, ça marche. J'aime voir tes fesses monter et descendre sur moi et ma queue disparaître en toi. Ça me plaît, bébé.

— Espèce de pervers ! je gronde en souriant avant de mordre son pec et de l'embrasser.

— Eh, continue comme ça et je ferai en sorte que tu ne puisses plus marcher, prévient-il.

Je lève la tête et le regarde en jouant des sourcils.

— T'es sérieux ?

Je promène ma main sur mon torse.

— Tu crois que ce sera toujours aussi bon ?

Je n'ai jamais été avec un homme qui me rendait aussi folle de désir. J'ai tout le temps envie de Wes. Nuit et jour, qu'on soit en sueur après le sport, couverts de sable, salés après une session de surf, peu importe. Ça n'est pas très normal.

Wes lève mon menton pour me regarder dans les yeux.

— Je crois que quand on s'aime, c'est toujours aussi bon. Nos corps deviennent une manifestation physique de notre engagement émotionnel. Ce qui compte, c'est d'être ensemble, d'être connectés physiquement et mentalement pour ne faire qu'un.

Je souris et remonte vers son visage pour l'embrasser langoureusement.

— Je veux ça avec toi, pour toujours.

— Bébé, notre amour est éternel. Je reconnais ma moitié quand je la vois. Rien ne m'empêchera de te faire mienne à jamais. Dans deux semaines, tu seras à moi légalement, mais ça ne veut pas dire que tu n'es pas déjà à moi ici, dit-il en désignant son cœur.

Les larmes me montent aux yeux en l'entendant me déclarer son amour et me faire part de sa confiance en l'avenir de notre couple.

— C'est vrai. Je suis à toi, Wes. Pour toujours.

Je me blottis contre lui et pense à notre avenir. Nous n'en avons pas énormément parlé, en fait.

— Comment tu vois notre avenir, Wes ? je demande, à la fois nerveuse et excitée.

La plupart des couples parlent de leurs souhaits bien avant de décider de se marier. Et dans deux semaines, on ne pourra plus faire marche arrière. Ce n'est pas que je panique, car je sais que suis faite pour vivre aux côtés de cet homme. Je serai sa femme, je suis déjà son amie, mais quoi d'autre ?

— Tu veux savoir où je nous vois dans cinq ans ?

— Ouais, plus ou moins. Qu'attends-tu du futur, et comment tu m'y vois ?

Il me serre plus fort contre lui et sa chaleur envahit mon cœur.

— Eh bien, je pense que durant l'année qui vient, grâce au Docteur Hoffman, tu vas devenir plus célèbre et convoitée que tu ne le penses.

Je lève la tête et le regarde, étonnée.

— Je suis sérieux ! Je crois que le public s'est entiché de toi et que les patrons de Century Productions sont en train de réaliser quel joyau ils ont entre les mains. Ils ne te laisseront pas partir facilement. Il faudra donc qu'on s'occupe de ça.

Je repose ma tête contre ses pectoraux pour l'écouter parler.

— J'ai hâte de faire tout ce que font les couples mariés normaux, les barbecues en été, les repas entre amis, cuisiner ensemble, surfer… Tu travailleras et moi je… eh bien, je ne sais pas ce que je vais faire, soupire-t-il.

Sans le regarder, je lui pose la question que nous évitons tous les deux depuis qu'il est rentré d'Indonésie.

— Et le film ?

Il plonge ses ongles dans ma peau. Ça ne dure qu'une seconde, mais c'est assez pour me faire savoir combien ça lui pèse.

— C'est difficile. Je ne sais pas quelle est la meilleure chose à faire. D'un côté, est-ce qu'on doit oublier le projet pour de bon, par respect pour ceux qui sont morts là-bas ? D'un autre, ils sont morts en faisant ce film. Est-ce que c'est irrespectueux de ne pas le montrer au public ? Les bénéfices du film pourraient être reversés aux familles pour qu'ils n'aient plus jamais de soucis d'argent. Je sais que beaucoup d'entre eux avaient des enfants. Ils avaient sans doute des assurances vie, et la maison de production a dû les dédommager, mais rien ne remplace la mort d'un être cher. On ne peut pas les oublier. Je ne les oublierai jamais, dit-il d'une voix tremblante.

Une larme coule sur sa joue. Je déplace mon poids sur lui et le chevauche, puis je me penche pour prendre son visage dans mes mains et essuyer ses larmes. Je les embrasse et les aspire, les prenant dans mon corps pour partager le poids de son fardeau.

— Tu veux mon avis ?

— Ouais, dit-il en se raclant la gorge.

— Finis le film, si tu peux. Fais don des bénéfices, y compris des tiens, aux familles, ou crée une association qui aidera les gens. Je crois qu'une partie du problème est due au fait que tu ne veux pas tirer profit d'un film qui a contribué à la mort de tes amis, je me trompe ?

Wes ferme les yeux, et de nouvelles larmes coulent tandis qu'il hoche la tête.

— D'accord, alors dans ce cas, fais en sorte qu'ils ne soient pas morts en vain.

Son souffle est lourd. Je sais que la conversation n'est pas facile pour lui, mais il ne me repousse pas. Il ne me prend pas sauvagement pour lâcher prise. Au contraire, il accepte la douleur et n'a pas peur de la montrer. C'est un signe qu'il progresse et qu'il est sur la voie de la guérison.

— Ça me plaît. Je vais créer une fondation. Je vais en parler aux directeurs et aux investisseurs, pour savoir ce qu'ils en pensent. Tout le monde attend mon avis, et honnêtement, je ne savais pas comment aborder la situation.

Je souris et caresse ses lèvres du bout des doigts.

— Tu n'as pas eu tort de te cacher dans ton coin, le temps d'aller un peu mieux. Mais tu aurais tort de te cacher à jamais et de ne pas rendre hommage à ceux que tu as perdus. Je crois que tu sais ce que tu dois faire.

Wes hoche la tête et pose une main sur ma joue.

— Tu es ma seule lumière dans cette nuit sans fin. Tu le sais, n'est-ce pas ?

— Alors, j'éclairerai ta route. Tous les jours et à jamais.

— Cette lumière me ramène à toi, Mia, dit-il d'une voix douce.

— Et je serai toujours là. Maintenant, dis-moi. Qu'est-ce que tu vas faire après t'être occupé du film ? Tu vas continuer ?

Il secoue vigoureusement la tête.

— Non. Du moins, pas tout de suite. Je veux revenir à ce qui me plaît, ce qui me fait du bien.

— L'écriture ? je demande en souriant.

— L'écriture, répond-il, et son regard s'illumine. J'ai quelques idées. Mais elles n'ont rien à voir avec la guerre et les conflits.

Je me rallonge sur lui et niche ma tête dans son cou.

— Ah bon ? Raconte-moi.

— L'histoire parle d'une fille, dit-il en me serrant contre lui.

— Quel genre de fille ?

— Une fille superbe, avec un corps de rêve et un cœur en or.

— M-hmm… et ?

Wes promène sa main dans mon dos, comme s'il peignait un tableau.

— Elle accepte un boulot d'escort.

Je souris.

— Ah, et qu'est-ce qui se passe ensuite ?

— Elle rencontre un tas d'hommes, déclare-t-il froidement.

— Ah oui ?

— Oui. Mais il n'y en a qu'un seul dont elle tombe amoureuse. Tu comprends, c'est le coup de foudre.

— Ah bon. Avec une escort, c'est pas plutôt le coup de langue ?

Il empoigne mes fesses et les serre. Je le sens durcir sous moi.

— Non. Tu vois, cette femme est spéciale. Elle n'est pas seulement superbe avec un corps de rêve et un cœur en or, elle a un don.

— Quel genre de don ?

— C'est un don qui n'est pas physique. En fait, elle fait le don de son amour. Et quand l'un des hommes qu'elle rencontre reçoit ce cadeau, il est heureux pour le reste de ses jours.

Je lève la tête pour l'embrasser sur la joue.

— Et à qui offre-t-elle ce cadeau ?

— Tu ne l'as pas encore compris ?

— Euh… non, je réponds, confuse.

Wes rit et m'embrasse sur la tempe.

— Elle donne un peu de son amour à tous ceux à qui elle tient, et ils tombent tous un peu amoureux d'elle.

— Mais qu'en est-il de son grand amour ? je demande en gloussant. Comment peut-il être l'amour de sa vie si elle donne un peu d'elle-même à tout le monde ?

— Parce qu'il n'y a qu'un homme qui lui fait don de tout son amour. Il est prêt à accepter que des morceaux d'elle soient avec d'autres hommes qui la chérissent. Car, en fin de compte, grâce à l'amour qu'elle a répandu autour d'elle, le monde est plus beau et devient meilleur.

Je trouve son idée un peu triste. J'aime peut-être beaucoup de gens, en tout cas plus que quand j'ai commencé cette aventure, mais je ne dirais pas que l'amour que j'ai donné aux autres est déduit de celui que j'ai pour Wes.

— Quoi ? Tu penses que ce n'est pas vrai ?

— D'une certaine façon, peut-être. L'idée que chacun d'entre nous a une quantité d'amour limité à offrir est intéressante, mais je ne pense pas que ça marche ainsi. Je crois plutôt que l'amour continue de grandir dans le cœur de chaque personne à qui on l'offre. C'est comme planter une graine. Plus on l'arrose et on la nourrit, plus l'arbre sera beau. Les branches de cet arbre vont s'étendre et, à l'automne, les feuilles tomberont, mais de nouvelles feuilles pousseront au printemps. Comme l'amour.

— Dans ce cas, peut-être que je devrais appeler l'histoire *The Tree of Love.*

Je souris et tourne la tête pour l'embrasser.

— Voilà une histoire qui me plaît.

Chapitre 4

Wes s'arrête au pied des escaliers qui mènent à la *Aspen Grove Fine Arts Gallery*. Kathy, Wes, et moi descendons de voiture alors que le cameraman, l'ingénieur son et le technicien lumière se garent à côté et déchargent leur équipement.

— C'est le premier de quatre arrêts. J'ai pris rendez-vous avec une sculptrice du coin et le directeur de la galerie. Ils étaient ravis que l'interview se fasse ici, dit Kathy tandis que nous gravissons les marches.

Nous sommes accueillis par Brice, le directeur, qui nous offre une visite guidée de la galerie, expliquant les œuvres des différents artistes. Une femme arrive bientôt, grande et mince, avec des yeux bleu clair et des cheveux cuivrés et bouclés qui tombent sur ses épaules sous un béret vert sapin. Elle porte un pull à grosses mailles couleur crème, une grosse écharpe de toutes les couleurs, un legging noir à motifs blancs, et des bottes qui lui arrivent aux genoux.

Lorsqu'elle tend le bras pour me serrer la main, la cinquantaine de bracelets qu'elle porte au poignet tinte bruyamment.

— Bonjour, je suis Esmeralda McKinney, la sculptrice. Merci d'être venus ! dit-elle en souriant jusqu'aux oreilles.

— Je suis ravie d'être là. Et si vous nous montriez vos œuvres ? Si ça vous convient, mes collègues nous filmeront pendant que je vous pose des questions.

Son visage s'illumine, comme si un rayon de soleil pénétrait dans la pièce pour ne frapper que son visage.

— Avec plaisir !

Elle m'emmène auprès d'un socle en plastique transparent sur lequel est posé un buste de femme entièrement fait de lamelles de métal.

— Voici une de mes œuvres. Elle s'appelle *Emportée par le vent.*

Elle effleure du bout des doigts les languettes de métal qui semblent voler dans le vent, comme si la brise coiffait les cheveux du personnage en arrière.

Je suis immédiatement capturée par la sculpture. Les lignes des yeux, des lèvres et du nez sont étonnamment précises pour des bandes de métal moulues.

— C'est incroyablement détaillé. Comment commencez-vous une pièce comme celle-ci ?

— Eh bien, je prends des panneaux de métal plats et je les découpe en morceaux de tailles inégales. Une partie de l'intérêt de ce travail vient du fait que c'est l'assemblage des morceaux qui, au fur et à mesure que je les chauffe, crée un tout cohérent.

Je pose une main sur le bord du piédestal, n'osant pas toucher la sculpture elle-même.

— Vous voulez dire que quand vous commencez le projet, vous ne savez pas ce que la pièce va devenir ?

— C'est ça. Je suppose que c'est un peu comme un écrivain qui s'assied devant sa page vierge et qui attend que l'histoire lui vienne. Je laisse les morceaux de métal me dicter mon œuvre. Quand je les positionne, une forme se présente et je me laisse guider. La pièce devient ce qu'elle est destinée à être. Comme la vie. On ne peut pas prévoir tout ce qui est beau. Parfois la beauté apparaît devant vous, seule, de son propre gré.

Ce que dit Esmeralda est intéressant, je dois reconnaître que, ces derniers temps, j'ai remarqué que la beauté apparaît parfois de façon totalement inattendue et inespérée.

*

Nous nous arrêtons ensuite à là *Baldwin Gallery* qui est tenue par Jonalyn Baldwin, une photographe locale. C'est une grande salle rectangulaire aux murs blancs, sur lesquels sont accrochées des photos de toutes les tailles. Au centre de la pièce, des panneaux grillagés offrent davantage de photos aux visiteurs.

Une petite femme asiatique avec de longs cheveux noirs soyeux, attachés en queue-de-cheval, nous accueille à l'entrée.

— Bonjour, vous devez être Mia Saunders. Je suis Jonalyn Baldwin. Bienvenues dans ma galerie !

Sa peau est superbement hâlée, des taches de rousseur recouvrent son nez et ses pommettes. Elle est vêtue d'une tunique bordeaux et d'un legging assorti, et une grosse chaîne en or brille sur sa gorge. Son style est simple et chic.

— Merci de nous recevoir, Jonalyn. On a hâte de découvrir vos œuvres.

— Dans ce cas, suivez-moi, je vous en prie.

Nous la suivons devant une énorme photo représentant la moitié d'un visage de femme. Cependant, la photo est déformée, comme si elle avait été prise à travers une vitre cassée.

— Pouvez-vous me parler de cette œuvre ? je demande, émerveillée encore une fois par les détails de l'image.

— Vous voyez ces lignes, ici ? C'est là que j'ai fait la mise au point.

Je me rapproche un peu et me concentre sur les traits noirs.

— La femme que vous voyez était habillée pour sortir. Je lui ai demandé de s'appuyer sur le présentoir à bijoux et de regarder à travers la vitrine. Je me suis placée derrière l'endroit où le verre était cassé et j'ai capturé sa beauté avec une perspective différente. Comme vous pouvez le voir, cette femme est superbe, mais on ne sait pas qui elle est et on ne connaît pas son histoire. Peut-être que la beauté que vous voyez est un masque.

Je me concentre sur l'image et essaie de comprendre son point de vue. Je penche la tête sur le côté pour regarder la photo sous un angle différent. À l'œil nu, quand je me concentre, je vois que la femme a des lèvres rouges et parfaites, les ongles assortis et une peau sublime. Cependant, à travers le verre brisé, je vois les imperfections que je n'aurais pas vues sans cet écran.

— Cette pièce s'appelle *Beauté révélée*, dit Jonalyn d'une voix fière.

Fascinée, je suis Jonalyn à travers la galerie. Sa façon de capturer les images et de les transformer est du pur génie. Une série me touche particulièrement et je demande au cameraman de zoomer sur les deux photos côte à côte. L'une montre une femme SDF appuyée contre un immeuble. Sa jambe est pliée au genou et son pied est posé sur le mur derrière elle. À ses pieds, il y a un sac-poubelle blanc, qui contient sans doute tout ce qu'elle possède. Ses longs cheveux bruns sont sales et emmêlés, sans doute ne les a-t-elle pas lavés depuis longtemps. Elle regarde sur le côté et ses yeux renferment une profonde tristesse. Elle semble ne plus avoir le moindre espoir.

La photo suivante est prise à travers une brique de verre. On y voit la même femme, mais on peine à croire qu'il s'agit de la même personne. Ses traits sont adoucis et au lieu d'avoir l'air sales, ses cheveux semblent foncés et bouclés. Le sac à ses pieds est comme une boule de lumière blanche qui illumine toute sa silhouette et la fait rayonner.

— Quand on atténue la dureté de la réalité, ce qu'on trouve dessous est… spécial, dit Jonalyn en croisant les bras.

Je lève la main vers la photo, poussée à m'en approcher de plus près.

— Votre façon de voir les choses est incroyable.

— C'est ainsi que nous devrions tous voir les choses. Une belle femme peut sembler parfaite, mais quand on la regarde à travers un nouveau prisme, on découvre ses défauts. Or, tout le monde a des imperfections. Et ici, poursuit-elle en désignant la femme triste, vous voyez qu'on peut prendre une SDF qui est sale et endurcie par la vie, et trouver en elle un côté tendre et beau. La vie et les expériences changent notre apparence, mais jamais la personne qu'on est à l'intérieur.

Je passe un long moment à parler à Jonalyn. Wes vient derrière moi alors que nous discutons dans un petit salon. Il pose ses mains sur mes épaules et les masse avant de se pencher en avant.

— Mia, si tu veux voir toutes les galeries aujourd'hui, il faut qu'on y aille. Il commence à neiger.

Je lève la tête ver lui et lui souris. Il m'embrasse sur le front et j'entends le cliquetis d'un objectif qui se ferme et se rouvre. Jonalyn rougit en baissant l'appareil photo qui ne quitte pas ses mains.

— Pardon, c'est une seconde nature chez moi. Je ne peux pas m'empêcher d'immortaliser la beauté que je vois.

— Mais vous n'avez pas de verre pour déformer votre photo, je réponds en souriant.

— Ce n'était pas nécessaire, dit-elle en me faisant un clin d'œil. N'importe quel filtre aurait montré la sincérité de ce moment. Je vous enverrai la photo par e-mail pour que vous voyiez par vous-même.

Wes prend ma main et m'aide à me lever.

— Ce serait super. J'ai adoré parler avec vous de votre art et de votre point de vue unique. Je vous promets de lui faire honneur dans l'émission.

— Je n'en doute pas. Merci, Mia, dit-elle en prenant mes mains dans les siennes.

La classe.

*

Plutôt que d'aller à la galerie suivante, Wes nous emmène déjeuner au *Red Onion*, un bar historique.

— Le lieu existe depuis 1892, ils servent la meilleure soupe à l'oignon du pays et de délicieux beignets de crabe, s'exclame Wes, qui sautille pratiquement sur place en m'ouvrant la porte.

Le restaurant est plein à craquer. Les murs pourpres lui donnent un air chaleureux qui invite les clients à s'y installer et à y rester un moment. Je me sens immédiatement chez moi.

Wes a appelé à l'avance pour réserver une table pour six. Je n'ai qu'un ingénieur lumière, un ingénieur son et un cameraman avec moi, ce qui est peu, mais j'ai travaillé avec eux quand j'étais à New York, et leur travail était impeccable.

Lorsque nous sommes installés et que nous avons commandé, je trouve le courage de parler à Kathy.

— Alors, Kathy, tu penses que ça se passe bien ? je demande en jouant avec la paille dans mon verre.

Elle remonte ses lunettes avant de me répondre.

— Très bien. Votre enthousiasme pour ce que disait Jonalyn était évident, ce sera super à l'écran.

— Je suis d'accord. Son art est unique et ça a mis en lumière une autre facette de la beauté. Je pense que notre public va adorer. Mais je ne parlais pas de Jonalyn quand je te demandais comment ça se passait.

Kathy fronce les sourcils, confuse.

— Je ne suis pas certaine de comprendre, Mademoiselle Saunders.

— Attention, dans deux semaines ce sera Madame Channing ! s'écrie Wes en passant un bras dans mon dos.

Cette fois, Kathy sourit jusqu'aux oreilles.

— Vous vous mariez ?

— Oui ! je réponds en hochant la tête. On se marie à Malibu, le jour de l'an.

Elle joint les mains sur sa poitrine et soupire joyeusement.

— C'est génial. Vous avez l'air faits l'un pour l'autre.

Wes resserre son étreinte, ravi du compliment, et frotte son nez contre mon menton.

— Je ne peux qu'être d'accord avec toi, Kathy, répond-il en m'embrassant sur la joue, l'oreille et dans le cou.

Je glousse en le repoussant, pressée d'en revenir à ma conversation avec Kathy.

— Kathy, je vais aller droit au but, et tu as très peu de temps pour prendre ta décision.

— D'accord, je vous écoute, dit-elle d'un air inquiet.

— Je voudrais que tu sois mon assistante.

— Euh, je ne le suis pas déjà ?

Je soupire en prenant mon verre et bois une grosse gorgée de thé glacé avant de hocher la tête.

— Si, tu l'es. Je veux dire que je voudrais que tu le sois de façon permanente.

Son visage s'illumine et elle sourit timidement.

— Tant que je travaille pour le Docteur Hoffman, je veux que tu sois mon assistante de production. Je veux que tu m'aides avec les sujets, que tu les prépares avec moi et ainsi de suite. Tu sais comment marchent ce milieu et ce métier, alors que moi je sais seulement ce que je veux faire et comment l'exprimer devant une caméra. J'ai besoin de quelqu'un en qui je peux avoir confiance pour m'assurer que les sujets atteignent tout leur potentiel et qu'ils racontent au public la bonne histoire.

Kathy hoche la tête avant que j'aie fini d'expliquer.

— Waouh, c'est une chance en or, dit-elle avant de froncer les sourcils, mais j'habite à New York !

— Oui, je sais. Au début, on peut travailler à distance, comme maintenant, mais pas longtemps. L'émission te donnera une enveloppe pour financer ton déménagement. Il faudrait que tu viennes en Californie en janvier et que tu te trouves un logement.

Kathy secoue la tête.

— Je ne comprends pas, pourquoi moi ? Je ne suis personne !

— Personne ! Grâce à toi, tout se déroule sans un couac. Tu me comprends et tu sais ce que je cherche à accomplir. Tu cernes facilement les gens et tu crées des liens avec les gens qu'on filme. À mes yeux, tu es la candidate parfaite.

— Mais l'assistante du Docteur Hoffman me déteste…

— Je m'occupe de Shandi, je dis en lui coupant la parole. Ce n'est pas elle qui prend les décisions, c'est son boss et Leona, et je leur en ai déjà parlé. Ils m'ont donné carte blanche pour choisir qui je veux, et c'est toi que j'ai choisie. Bien sûr, je comprends que tu aies besoin de temps pour…

— Inutile. Je veux le job, déclare-t-elle d'une voix ferme et confiante.

— Même si tu dois déménager ?

— Les hivers sont affreux à New York, et ma famille est éparpillée dans tout le pays. Et puis, c'est ma chance d'être dans une émission quotidienne et de prendre des décisions importantes. En plus, je travaillerai avec quelqu'un que j'apprécie sincèrement. Je déteste me faire trimballer partout. J'aimerais m'installer quelque part pour de bon. Ce travail avec vous et Monsieur Channing est le temps fort de ma carrière, dit-elle d'une voix tout excitée.

En fait, je ne l'ai jamais vue aussi enthousiaste.

Le serveur apporte les amuse-bouches et Wes se jette sur une bouchée au crabe. Il l'engloutit si vite que je m'inquiète qu'il s'étouffe.

— Quoi ? dit-il la bouche pleine.

J'éclate de rire.

— Bref. Je n'ai qu'une seule condition, Kathy.

Elle recule les épaules, lève le menton et me regarde droit dans les yeux. J'ai du mal à rester sérieuse en la voyant si inquiète, mais je parviens à me concentrer.

— Tu dois accepter de m'appeler Mia et de me tutoyer. Il faut arrêter avec ce Mademoiselle Saunders, c'est ridicule.

Toute la table éclate de rire, et j'informe le reste de l'équipe que j'ai l'intention de rendre leur présence permanente également. Tout le monde semble ravi de travailler ensemble.

*

Après le déjeuner, nous nous rendons dans la troisième galerie pour rencontrer « Bob le Bûcheron ». Il sculpte le bois, assis dans un rocking-chair qu'il a fabriqué lui-même. La galerie l'a placé dans un coin, près des fenêtres, pour que l'artiste de soixante-dix ans puisse s'y installer et travailler en étant entouré des visiteurs.

La galerie est une immense attraction pour les touristes, et depuis qu'ils ont donné à Bob le Bûcheron un endroit pour sculpter, leurs ventes ont augmenté de trente pour cent. Assis dans son fauteuil à bascule, il taille des petites pièces uniques que les touristes peuvent acheter sur place dès qu'il les a finies.

En l'interviewant, j'apprends qu'il a été envoyé deux fois au Vietnam en 1965. Pendant les longues heures où il attendait de partir au combat, il découpait des branches et les sculptait avec son couteau de poche. Il donnait les figurines à ses frères d'armes qui les rapportaient à leurs familles afin qu'elles sachent qu'ils pensaient à elles. Il a pris sa retraite dans les années soixante-dix après trois blessures. Il a été touché deux fois à la jambe et une fois à la hanche, et il n'a pas guéri aussi bien qu'il l'espérait.

Bien plus à l'aise dans son fauteuil, Bob a décidé de faire de son passe-temps son gagne-pain. Heureux de discuter avec sa famille, ses amis et le public, et bien incapable de travailler sept heures par jour dans un bureau, il a trouvé une façon de vivre de sa passion.

Des conflits et des guerres font rage un peu partout dans le monde, mais son histoire me redonne espoir, même si elle n'est pas facile à entendre. Bob a été blessé en protégeant notre liberté mais, assis dans la galerie, il ne regrette pas un seul jour de son service militaire. Peut-être d'autres vétérans y puiseront-ils un peu d'optimisme.

Il m'explique aussi qu'il donne à chacune de ses rencontres un souvenir. Ainsi, pendant que nous discutons, il sculpte un petit cœur entouré de vagues.

— Votre cadeau de mariage, dit Bob en me le donnant.

— Comment vous avez su ? je m'exclame, surprise.

— Oh, à mon âge, on sait reconnaître une femme amoureuse. Et la lumière qui fait scintiller cette bague a failli m'aveugler !

Nous éclatons de rire, et le propriétaire de la galerie emballe mon cadeau avant de le tendre à Wes.

— Merci de m'avoir fait part de votre histoire, je lui dis en le prenant dans mes bras. Je sais que, comme moi, les spectateurs ne l'oublieront jamais.

— C'est pour les gens comme vous que le risque en vaut la peine, répond-il quand Wes me prend par la taille et me guide dehors.

*

Le risque en vaut la peine.

Je suis encore émerveillée par l'histoire de Bob lorsque nous arrivons à la galerie 4M. Bob a dit que c'était pour des gens comme moi que le risque de mourir à la guerre valait la peine d'être pris. Les soldats se sacrifient d'une façon que les civils ne pourront jamais comprendre. Tout le monde n'est pas capable de risquer sa vie quotidiennement pour trois cents millions de gens qu'il ne connaît même pas. Or, pour Bob, chaque vie en vaut la peine.

Ses paroles me font penser que dans la vie, toutes les choses qui ont de la valeur méritent de prendre des risques. Toutefois, tout le monde n'en est pas capable. C'est assez triste, en fait.

Lorsque nous entrons dans la galerie 4M, une odeur de citron, de menthe et de jasmin m'envoûte. Je m'arrête à deux pas de la porte et laisse le parfum familier m'envelopper. Je ne l'ai pas senti depuis des années, quinze ans, pour être précise.

Mon cœur bat la chamade et ma bouche devient sèche. De l'autre côté de la salle, je vois une femme assez grande, avec des cheveux bouclés qui lui arrivent aux épaules. Elle est vêtue de noir et elle est en train d'ajuster un tableau sur le mur en face de moi. Je ne peux plus bouger. Elle est de dos, mais je reconnais immédiatement sa silhouette et les gestes fluides de ses bras, comme une danseuse. La présence de cette femme est dévastatrice. J'ai l'impression de voir un fantôme.

Elle se tourne, joint les mains sur sa poitrine et se rapproche. Elle ferme légèrement ses yeux vert pâle et elle prend les lunettes qui sont accrochées au décolleté de sa chemise. Elle les met et se fige, comme si elle était clouée au plancher. Comme elle, je ne bouge pas d'un iota en l'observant devant moi. Elle a beaucoup changé en quinze ans, mais pas assez pour être méconnaissable.

— Mia, murmure-t-elle.

Wes passe un bras dans mon dos et me serre contre lui. Quant à moi, je prends sa main et l'écrase dans la mienne.

— Bonjour Madame… commence Wes.

— Banks, répond-elle.

Je grimace et resserre mon étreinte. Wes ne lâche pas ma main, ce dont je lui suis infiniment reconnaissante. Sans cette connexion, je me serais sans doute évanouie ou enfuie en criant.

— Madame Banks, je suis Weston Channing, et nous sommes ici pour vous parler de votre art et de la galerie. Il semblerait que Mia et vous vous connaissiez déjà. Comme vous pouvez le voir, elle est sous le choc, alors si vous aviez l'amabilité de m'expliquer ce qui se passe, je vous en serais infiniment reconnaissant.

Mon Wes. L'éternel gardien de la paix. Ce qu'il ne sait pas, c'est que rien ne peut arranger la situation. Une explication ne suffit pas pour effacer quinze ans d'abandon et de tristesse. Je le sais. Ça fait des années que j'essaie de comprendre pourquoi la femme qui m'a donné la vie m'a anéantie à l'âge de dix ans.

— Mia, je te reconnaîtrais n'importe où, dit-elle d'une voix tremblante.

Sa voix est différente, plus calme. Elle se lèche les lèvres. Horrifiée, je regarde cette femme, que je pensais avoir perdue à jamais, se tenir devant moi, plus en forme que jamais. Elle n'a pas le droit d'être aussi en forme.

— Ma chérie, ça fait si longtemps… dit-elle.

Ses paroles me font l'effet d'un poignard empoisonné qui découpe mes parties les plus tendres et vulnérables. Sa voix est pleine d'émotions qui semblent plus sincères que tout ce que j'ai pu entendre de sa bouche. Cependant, ça ne suffit pas à percer le mur de marbre qui entoure mon cœur pour le protéger de cette femme.

Ne sachant pas quoi faire, je dis les deux seuls mots que j'arrive à prononcer.

— Bonjour, mère.

Chapitre 5

Wes serre si fort ma main qu'il me fait mal, je la retire et vacille. Il me prend alors dans ses bras.

Kathy entre dans la galerie à ce moment-là, secouant son blouson pour enlever les flocons de neige.

— Bonjour, je suis Kathy, dit-elle en tendant la main à ma mère. Voici Mia Saunders et son fiancé, Weston Channing. Merci de nous recevoir. Je suis désolée si nous sommes un peu en retard…

— Fiancé ? s'exclame ma mère en étudiant mon futur époux. Euh… félicitations…

Je ne la laisse pas finir. Je lance, glaciale :

— Est-ce un hasard si j'entre dans cette galerie pour interviewer la femme qui m'a détruite il y a quinze ans ?

Elle inspire brusquement, comme Kathy, et la pièce devient silencieuse. Mon assistante passe d'un pied sur l'autre, regardant ma mère, puis moi, puis Wes.

— Je suppose qu'on a fini pour la journée ?

— Kathy, rentre au chalet avec le reste de l'équipe. Je crois qu'on a assez d'images avec les trois artistes. Servez-vous de ce que vous voulez pour dîner. Mia et moi arrivons bientôt.

Kathy vient vers moi et me prend la main.

— Je serai là ce soir si tu as besoin d'une amie, Mia.

Elle utilise enfin mon prénom ! Ses paroles comptent plus pour moi qu'elle ne peut l'imaginer, mais je ne parviens qu'à hocher la tête alors qu'elle emboîte le pas aux mecs pour rentrer au chalet.

Nous restons tous les trois debout dans l'entrée. Ma mère se lèche de nouveau les lèvres et regarde autour d'elle, cherchant probablement quelqu'un pour la sauver de ce cauchemar. Car c'est bel et bien un cauchemar. Je m'étais faite à l'idée de ne plus jamais la revoir et de ne jamais savoir pourquoi et comment elle a abandonné ses enfants.

— Et si on allait s'asseoir là-bas pour parler ? demande-t-elle d'une voix tremblante en désignant un canapé et des fauteuils.

Je vais vers elle d'un pas ferme, je plonge mon regard dans le sien, et ses yeux se remplissent de larmes. Dans un moment de faiblesse, je lève la main et la gifle aussi fort que possible. Je réalise soudain que des larmes coulent sur mes joues. Elle sanglote et se tient la joue. De grosses larmes dévalent son visage, comme autant de mensonges dont je ne suis pas dupe.

— Je su… suppose que je… je l'ai mérité, bégaie-t-elle.

— Tu mérites bien pire. Tellement pire.

Elle se racle la gorge et coiffe ses cheveux en arrière.

— S'il te plaît, Mia, j'aimerais t'expliquer.

— T'expliquer ? je m'exclame. Tu voudrais t'expliquer ? je hurle. Expliquer quoi, *maman* ? Comment tu as pu abandonner ta fille de dix ans ? Ou peut-être comment tu as abandonné ta fille de cinq ans ? Non, attends… je dis en m'approchant encore d'elle.

Je lève de nouveau la main, mais Wes attrape mon bras et me plaque contre son torse pour nous faire reculer.

— Tu ne comprends pas ! crie-t-elle. Je ne voulais pas partir.

— Tu n'as pas idée de l'enfer que tu nous as fait subir. Après ton départ, papa est devenu alcoolique. À dix ans, j'ai dû m'occuper de lui et de ma petite sœur !

Elle écarquille les yeux.

— Eh oui, tu n'avais pas prévu ça, hein ? Tu nous as tous abandonnés, et papa a sombré. La moitié du temps, il ne savait même pas qu'il avait des enfants. Maddy et moi avons passé des jours entiers sans manger. Des jours !

Wes resserre son étreinte, je ne sais pas si c'est pour me soutenir ou pour éviter que je ne me jette sur elle. Quoi qu'il en soit, cela m'aide à ne pas craquer complètement.

— J'ai dû voler de quoi manger dans les casinos et faire les poubelles pour ne pas mourir de faim ! Tu n'as pas idée des dégâts que tu as causés.

Ma mère pleure à chaudes larmes et tombe à genoux.

— Mon Dieu, Mia, mon bébé, je suis désolée. Je suis tellement désolée. Je pensais faire ce qu'il y avait de mieux. Je ne savais pas, sanglote-t-elle.

— Tu es désolée ? je répète en secouant la tête. Désolée d'être partie ou de ne pas l'avoir fait plus tôt ? je demande d'un ton amer.

— Non, je n'ai jamais voulu partir. Mais il le fallait. C'était pour le mieux. Pour vous protéger ! dit-elle en se couvrant le visage.

— Nous protéger ? Si tu voulais nous protéger, il fallait t'assurer que tes enfants aient de quoi manger, de l'eau chaude et des vêtements propres, je gronde.

— Mon Dieu ! Je ne pensais pas qu'il prendrait mon départ aussi mal. J'aimais Michael. Je voulais qu'il tourne la page…

J'éclate de rire et me jette de nouveau sur elle, mais Wes me retient.

— Chérie… commence-t-il d'une voix douce et ferme. Je comprends que tu sois en colère, mais la violence physique n'est pas une solution. Dis-lui ce que tu dois lui dire, et on partira.

Je le regarde dans les yeux et je hoche la tête avant de m'accroupir devant elle.

— Tu étais tout pour mon père. Tu étais son soleil, sa lune, l'air qu'il respirait. Maddy et moi n'étions que de pâles imitations.

— Non, non, non, non, répète-t-elle en secouant la tête. Ce n'était pas censé se passer comme ça.

— Ah oui, et tu t'attendais à quoi ? Tu pensais qu'il réagirait comme Jackson Cunningham ?

Elle relève la tête.

— Tu as trouvé Jackson ? s'exclame-t-elle.

— Jackson est mort, je réponds froidement.

Elle recule comme si je l'avais giflée.

— Quoi ?

— Il est mort il y a quelques années, mais non sans laisser une petite énigme. Imagine ma surprise quand mon frère, Maxwell Cunningham, est venu me trouver.

— Max… chuchote-t-elle.

La tristesse déforme son visage.

— Oui, je suis au courant pour Maxwell… mon frère. Et on sait aussi que Maddy est la fille de Jackson.

— C'est faux ! rétorque-t-elle en fronçant les sourcils.

— Tu crois qu'on n'a pas vérifié ? Madison n'est pas la fille biologique de Michael Saunders. Elle est celle de Jackson. On a le test de paternité pour le prouver. Tu penses que je vais croire que tu es surprise de l'apprendre ? Tu as trompé mon père plus d'une fois. Je me souviens d'avoir rencontré Maxwell quand on était petits.

Elle secoue la tête et appuie sur ses tempes avec ses doigts.

— Non, non, non, non. Je ne comprends pas. Je ne me souviens de rien, pleure-t-elle.

— N'importe quoi ! je hurle, si fort que ma mère se recroqueville.

Wes passe ses bras sous les miens et m'aide à me relever.

La porte claque derrière nous et Kent Banks entre, se précipitant sur ma mère quand il la voit par terre.

— Qu'est-ce qui se passe ici ? grogne-t-il.

— C'est à vous de me le dire, non ? C'est vous qui nous avez fait venir ! Vous saviez que c'était ma mère !

Il lève la tête et plonge ses yeux dans les miens, le regard froid et menaçant.

— Oui, je savais que tu étais sa fille. Elle me l'a confié quand elle t'a vue à la télé. Elle m'a parlé de toi, de ta sœur et de ton frère. Je pensais faire une bonne chose, que j'allais réunir la famille…

Je ricane.

— Vous êtes malade ? Elle nous a abandonnés ! Ma sœur et moi ne savions même pas que nous avions un frère jusqu'à il y a quelques mois. Ça aurait été sympa de l'apprendre par notre mère !

— Sortez d'ici, gronde Kent.

Entendant le ton de sa voix, Wes me pousse derrière lui.

— Je ne suis pas sûr que ma fiancée ait fini de parler à sa mère.

Ma mère marmonne quelque chose à voix basse en se blottissant contre Kent, qui la soulève dans ses bras.

— Je crois que vous en avez dit assez. Il y a beaucoup de choses que vous ne savez pas. Je vous appelle plus tard.

— Ne vous fatiguez pas. Je n'ai plus rien à dire à cette pâle imitation d'être humain.

Sur ce, je tourne les talons et sors de la galerie, suivie de près par Wes. Je marche dans la rue, furieuse, incapable de m'arrêter, entourée d'un nuage de vapeur qui s'épaissit à chaque souffle.

Lorsque je ralentis et m'arrête enfin, je ne sais pas où je suis ni ce que je fais. Tout ce que je sais, c'est que j'ai froid et que je suis seule. Un sanglot m'échappe et je perds l'équilibre lorsque deux bras solides me rattrapent.

— Je suis là, ma chérie. Je suis là. Rentrons au chalet.

— Je ne veux voir personne.

Je pleure contre lui, ma poitrine se serre, écrasée par une douleur accablante.

— Tu ne verras personne, je te le promets. Laisse-moi m'occuper de toi, chuchote-t-il en me soutenant jusqu'à la voiture.

Je ne vois pas le temps passer ni le paysage défiler. Lorsque j'émerge de nouveau, on me porte à l'étage et on me déshabille. On me dépose dans un nuage tout chaud et, quelques secondes plus tard, un corps bouillant se plaque contre mon dos et des bras m'entourent. Je me blottis contre Wes, m'accroche à lui, à notre vie, à tout ce qui me met en sécurité. Il me serre fort contre lui et, enveloppée dans son amour et dans ses bras, je ferme les yeux.

*

Lorsque je me réveille le lendemain matin, je suis toujours dans les bras de Wes. Il ne m'a pas lâchée de la nuit. Je cligne plusieurs fois des yeux et regarde son visage près du mien. Son souffle est lent et paisible. Je lève une main et promène mon doigt sur son nez. Il remue et ouvre lentement les paupières. Il sourit tendrement et s'avance pour m'embrasser sur le nez.

— Comment tu vas ? demande-t-il.

Je pourrais mentir et lui dire que je vais bien, mais il saurait que je ne dis pas la vérité. Et puis, j'en ai assez de cacher ma souffrance. La seule personne qui mérite ce traitement est ma mère. Bien sûr, ça ne change pas le fait que j'aurais aimé que les choses se passent autrement.

Petite, les filles ont besoin d'une mère, de quelqu'un qui embrasse leurs bobos, les réconforte quand un garçon leur a brisé le cœur, leur apprend à devenir une femme et, surtout, leur apprend à devenir une mère et à aimer un autre être plus que soi-même.

— Ça ne va pas fort, Wes.

Il me faut faire un effort surhumain pour l'admettre, mais je peux le faire pour lui, pour le seul être sur terre qui m'aime plus qu'il ne s'aime lui-même.

— Ouais, c'est ce que je pensais. Qu'est-ce qui se passe là-dedans ? demande-t-il en désignant mon front.

Je ferme les yeux et savoure son geste simple. Car pour moi, c'est plus qu'un geste, c'est une connexion tangible à laquelle m'accrocher quand tout autour de moi semble s'effondrer.

— La voir dans sa galerie, heureuse et en bonne santé…

Je secoue la tête et prends sa main pour la porter à ma bouche.

— Tu as du mal à encaisser qu'elle a tourné la page. Qu'elle a mené une belle vie pendant que toi, Maddy et Max avez souffert. Surtout Maddy et toi. Je comprends, bébé.

J'embrasse chacune de ses phalanges.

— Pourquoi c'est si douloureux ? je demande, et les larmes se remettent à couler.

— Parce que peu importe le mal qu'elle t'a fait, elle reste ta mère. Et tu l'aimes.

— On ne peut pas aimer un fantôme.

— Justement, si. Tu l'aimes, je le vois sur ton visage. Et tu sais quoi ?

— Quoi ? je demande en reniflant, essayant de retenir mes larmes.

— C'est normal de l'aimer. Même si elle t'a fait souffrir.

Les larmes coulent à flots maintenant, je ne peux plus les retenir. Je ne peux plus être la Mia forte que je suis pour tout le monde.

— Ah bon ? Une femme qui nous a abandonnées, ma sœur et moi, quand j'avais dix ans.

— Ton père est fautif aussi, ma chérie. Si tu désignes les coupables, ton père a sa part de responsabilité.

— Mais c'est elle qui l'a détruit. Tu aurais dû le voir avant qu'elle ne parte. C'était un papa poule et un mari aimant et attentionné. Il la vénérait. Tout ça pour quoi ? Elle est partie sans même lui dire au revoir. Elle a détruit notre famille. Et celle de Max, aussi.

Wes baisse la tête.

— Je ne crois pas que ce soit vrai. Max est un des hommes les plus aimants que je connaisse. Son amour n'a pas de limites. Il vous a accueillies à bras ouverts, Maddy et toi, et il lui a fallu à peine cinq minutes pour faire de vous sa famille. Ça en dit long sur le genre d'homme qu'était Jackson Cunningham. Il a donné tout ce qu'il pouvait à son fils même s'il n'avait pas de mère. Il l'aimait et il lui a appris à aimer en retour. Max détient ce savoir en lui, il aime sa femme, ses enfants et ses sœurs. Il n'avait peut-être pas de mère, mais sa vie n'a pas été détruite pour autant.

Je réfléchis à ce que dit Wes et réalise que, bien évidemment, il a raison. Jackson Cunningham aimait peut-être énormément ma mère et il a sans doute eu le cœur brisé, mais il a continué sa vie. Il s'est occupé de son fils, lui a appris à aimer et à être un homme. Un homme bien. Le meilleur. Il lui a montré l'importance de la famille.

— Il faut que je parle à Max et Maddy.

— Ils seront là dans deux jours. Tu veux vraiment les appeler et les inquiéter maintenant ?

— Max sera fou de rage si je ne l'appelle pas.

— C'est vrai, répond Wes en souriant. Qu'est-ce que tu vas lui dire ?

— Je ne sais pas. La vérité, je suppose. Il mérite de savoir. Ce sera à lui de décider quoi faire.

— Et ta mère ?

— Quoi, ma mère ?

— Tu vas lui reparler ? Quelque chose clochait, hier soir. Elle avait l'air surprise de te voir, et désolée aussi. Et elle n'a pas arrêté de dire que tu ne connaissais pas toute l'histoire.

— Probablement parce qu'elle n'a pas envie d'être confrontée à ce qu'elle a fait.

— Peut-être, je ne sais pas, soupire Wes. Elle s'est effondrée assez vite. Elle a vraiment semblé anéantie.

— Qui sait ? Elle essaie sans doute de se convaincre qu'elle avait une bonne raison de nous abandonner. Tous les trois. Je te le dis tout de suite, je ne me laisserai pas duper. Il n'y a rien qu'elle puisse dire qui me pousserait à lui pardonner. Rien.

*

Le téléphone sonne quatre fois, ce qui est inhabituel pour Max, car il fait partie des gens qui le gardent tout le temps dans leur poche, et je sais qu'il ne travaille pas.

Enfin, à la cinquième sonnerie, il décroche, et j'entends les cris du bébé.

— Attends, attends… ton neveu a décidé de réveiller tout le quartier. Il s'est fait dessus jusque dans le cou. Le cou, sœurette. Comment il a réussi à faire ça, tu peux m'expliquer ? crie Max.

J'en déduis que je suis sur haut-parleur et j'attends quelques secondes que Max passe le bébé à Cyndi. Quel enfoiré ! Je souris pour la première fois depuis que j'ai vu notre mère, hier.

— Il s'est souillé jusqu'au cou ! répète-t-il.

— Et alors, qu'est-ce que tu veux que je fasse ? Lave ton fils ! rétorque Cyndi, et j'éclate de rire.

— Cyndi, amour de ma vie, je te donne un million de dollars pour laver notre fils, supplie Max.

— Ton argent est mon argent, tu l'as oublié ? répond-elle d'un ton irrité.

C'est en train de virer en dispute de couple et je n'ai aucune envie d'en être témoin.

— Euh… et si vous me rappeliez, les gars ? je demande.

— Mia chérie, c'est toi ? répond Cyndi.

— Ouais, salut ! Désolée de vous interrompre. J'avais besoin de parler à Max de quelque chose de… d'assez important, mais il n'a qu'à me rappeler quand il se sera occupé de Jack.

— Non, non, très bien, Max, soupire-t-elle. Je m'occupe de notre fils, mais tu es de corvée de couche pendant quarante-huit heures !

J'entends des bruissements et des crépitements dans le téléphone, et je n'entends plus que Max.

— Sucre d'orge. Ça a intérêt à être important. Changer la couche d'un garçon comme Jack est horrible. Chaque fois que je dois le changer, j'ai l'impression qu'un animal a rampé dans sa couche pour mourir. C'est affreux.

Je ne veux pas le faire attendre et je suis trop stressée pour être patiente, alors je vais droit au but.

— J'ai retrouvé notre mère.

Il reste silencieux une bonne minute.

— Tu lui as parlé ?

— Si par parler, tu veux dire lui crier dessus, l'accuser et la gifler, alors oui, on peut dire que j'ai parlé à notre mère.

— Tu l'as trouvée où ?

J'éclate de rire, non pas parce que c'est drôle mais parce que la situation est vraiment digne d'un feuilleton télé.

— Écoute ça, c'est une des artistes qu'on m'a demandé d'interviewer dans le Colorado.

— Elle est dans le Colorado ?

— Oui, ici même, à Aspen.

— Jésus Marie Joseph.

— Oui, exactement.

— Est-ce que ça va ? demande-t-il d'une voix inquiète.

J'envisage de lui mentir et de lui dire que je vais très bien, mais je ne peux pas faire ça. Il mérite mieux. Il mérite que je sois honnête.

— Non, pas vraiment. Je ne sais pas trop comment gérer la situation. Ça fait quinze ans que ça dure.

— Pour moi ça fait trente, ajoute-t-il d'une voix lugubre.

— Oh, Max, je suis désolée. Il faut qu'on gère la situation ensemble. On en parlera quand tu arriveras ce week-end. On décidera quoi faire.

— Tu crois que je vais te laisser affronter ce tsunami toute seule ? Je serai là demain au plus tard. Je vais faire nos valises et venir plus tôt.

— Max, sans rire, ça peut attendre, je mens.

— Tu souffres ? demande-t-il.

Je soupire.

— Max, tu sais bien que oui. C'est un sacré choc.

— Alors, j'arrive. C'est aussi simple que ça. Maintenant, laisse-moi en parler à ma femme. On a des valises à préparer. Nos chambres sont libres, ou il nous faut un hôtel ?

Je me sens immédiatement soulagée.

— Je t'aime, Max. Je t'aime vraiment.

— Chérie, tu sais que je t'aime aussi. C'est une affaire de famille, et si l'un d'entre nous est blessé, c'est aux autres de le soutenir. Alors, est-ce que ma chambre sera prête ou je dois réserver un hôtel, sucre d'orge ?

Je ravale le nœud plein d'émotions qui m'empêche de respirer.

— Tout est prêt pour toi et ta famille. Wes a même commandé un landau pour Jack, et on a un lit parapluie pour Isabel.

— C'est parfait. Mia, ne t'inquiète plus. Je serai là demain. Les affaires de famille se gèrent ensemble, d'accord sœurette ?

— Les affaires de famille se gèrent ensemble. Pigé, Maximus.

— D'accord, dit-il en riant. Appelle Maddy et demande-lui si elle veut venir plus tôt aussi. Si c'est le cas, je demanderai au pilote de s'arrêter à Vegas avant de venir au Colorado.

J'aurais dû me douter que Max serait la voix de la raison dans toute cette histoire. Je suis ses instructions et j'appelle ma sœur pour lui dire ce qui se passe. Elle est aussi choquée que moi, et elle et Matt acceptent de rater deux jours de cours pour venir plus tôt.

Ensuite, je pars à la recherche de la seule personne grâce à qui je ne deviens pas folle : mon surfeur-réalisateur devenu homme des montagnes. Je le trouve dans la cuisine, en train de préparer le petit déjeuner.

— Qu'est-ce que tu veux faire aujourd'hui ? demande-t-il en déposant les pancakes dans une assiette.

— Allons skier, je réponds.

Je ressens un besoin urgent de sentir l'air fouetter mon visage quand je vais dévaler les pistes à toute vitesse. J'ai besoin de me rappeler que je suis en vie, que ce n'est qu'un mauvais moment à passer. Ma famille est en route, et ensemble, nous allons affronter celle qui nous a brisés de façon irrémédiable.

Chapitre 6

— Tu vas me dire pourquoi on arpente les bois enneigés autour du chalet ? je demande en tirant sur mon bonnet pour qu'il couvre mieux mes oreilles.

J'ai attaché mes cheveux sur la nuque et sur le côté, sans quoi ça ferait longtemps que le bonnet serait tombé. Les cheveux comme les miens n'apprécient pas les tentatives de domptage.

Wes sourit jusqu'aux oreilles et prend ma main. Dans son autre main, il tient la corde d'une luge en bois sur laquelle est posé un sac de sport.

— À quelle heure tu as dit que Max et Maddy seraient là ? demande-t-il.

— Ce soir, vers dix-huit heures. Pourquoi ? je réponds en enjambant un tronc.

— Eh bien, s'ils viennent fêter Noël, tu ne crois pas qu'on devrait avoir un sapin digne de ce nom ?

Il lâche ma main et la corde et gravit une petite butte en courant.

Un sapin. Un vrai sapin de Noël. Je ne sais pas si Maddy et moi en avons déjà eu un. Ce n'est pas quelque chose dont se soucie une famille qui n'a pas assez d'argent, donc on n'a jamais osé demander. On était plus inquiètes de manger que d'avoir un sapin. Bon sang, quand elle a eu cinq ans, c'est moi qui ai dû dire à Maddy que le Père Noël n'existait pas. Car il n'y aurait aucun cadeau sous notre sapin invisible. Maddy et moi avions pris l'habitude de fabriquer les cadeaux que nous nous offrions. Puis, quand on a grandi, on faisait un petit effort et on achetait un cadeau ou deux, mais jamais rien d'extravagant.

— Pourquoi tu me regardes comme ça ? demande Wes en penchant la tête sur le côté, inquiet.

— Je n'ai jamais eu de sapin de Noël, je réponds en haussant les épaules.

— Tu n'as jamais eu de sapin ? s'exclame-t-il. Fais-moi penser à gifler ton père quand il sera de nouveau sur pied, grogne-t-il.

Il descend la petite butte en courant, saisit ma main et remonte au sommet en me tirant derrière lui.

— Tu vois ceux-là ? il demande en désignant la forêt au loin. Ils feraient des sapins de Noël parfaits.

De l'autre côté d'une petite clairière, une dizaine de sapins sont alignés.

— Et comment tu suggères qu'on le sorte du sol ?

— On le coupe, ma chérie, répond Wes en riant. Allez, viens.

Il reprend la corde de la luge et nous descendons la colline jusqu'aux arbres qui font au moins deux mètres.

— Je ne sais pas. Je n'aime pas l'idée de tuer un arbre pour la déco. Peut-être qu'on devrait en acheter un en plastique ?

— C'est hors de question. C'est notre premier Noël en famille. Tes premières fêtes avec ton frère et ma famille. On va faire en sorte que ce soit spécial, et pour ça, il nous faut un arbre digne de ce nom. Maintenant choisis-en un.

Wes n'a pas tort. Nous allons créer de merveilleux souvenirs en tant que couple, avec nos familles respectives. Cette idée se fraie un chemin dans ma tête et me fait oublier mes doutes écologiques et mes scrupules à tuer un arbre dans une forêt qui en compte des milliers.

Je passe plusieurs minutes à faire le tour de chaque arbre et, après en avoir éliminé une bonne dizaine, je trouve le sapin parfait. Il est géant, vert, et il sent la terre. Ses branches sont suffisamment régulières pour qu'il soit magnifique une fois décoré, et je reste un moment à le regarder et à l'imaginer tout éclairé et scintillant.

Wes arrive derrière moi et passe ses bras autour de moi.

— Celui-ci ?

Je souris en hochant la tête.

— Celui-ci.

Wes se penche pour m'embrasser sur la joue et, avant qu'il ait pu reculer, j'attrape son visage pour l'embrasser sur la bouche. C'est un long baiser mouillé. Sa langue vient danser avec la mienne, il lèche ma bouche, rallumant une flamme en moi qui, exceptionnellement, s'était éteinte en voyant ma mère. Lorsque nous nous séparons, un feu fait rage dans mes veines.

— Je t'aime, je dis contre ses lèvres, le faisant sourire.

— Je t'aime encore plus. Maintenant, coupons cet arbre.

— Comment ? je demande en regardant la luge.

Wes se penche pour ouvrir le sac dont il sort une hache. Il enlève la protection en plastique qui recouvre la lame.

— Tu vas vraiment faire ça.

Il fronce les sourcils.

— Quoi ? Tu ne m'en crois pas capable ?

— Oh, je suis sûre que si. Mais ça semble être beaucoup de travail.

— Mia, ma chérie, les belles choses sont rarement gratuites, dans la vie.

Sur ce, il recule le bras et abat la hache sur le tronc. L'arbre tremble et des paquets de neige et d'aiguilles de pin en tombent.

Pendant que Wes coupe notre sapin de Noël, je sors mon téléphone et le prends en photo pour l'envoyer à Ginelle.

À : Ma Salope Chérie
De : Mia Saunders
À ton avis, il mesure combien ?

Quelques secondes plus tard, mon téléphone sonne.

À : Mia Saunders
De : Ma Salope Chérie
Ça dépend, si le bûcheron est samoan, je dirais 15.

À : Ma Salope Chérie
De : Mia Saunders
15 quoi ?

À : Mia Saunders
De : Ma Salope Chérie
15 centimètres, abrutie. En tout cas, c'est la taille de sa bûche. La neige a congelé ton cerveau ?

À : Ma Salope Chérie
De : Mia Saunders
T'es qu'une garce.

À : Mia Saunders
De : Ma Salope Chérie
C'est celle qui dit qui est. C'est toi qui m'as tendu la perche.

J'éclate de rire en grognant comme un cochon et je secoue la tête. Sacrée Ginelle, quel caractère ! Ça me fait penser que je ne lui ai pas encore dit que j'avais retrouvé ma mère. Elle va être furax et elle aura des tas d'injures à proférer. Sans doute est-ce pour ça que je ne l'ai pas encore appelée. Je le ferai mais… après. Elle m'en voudra de ne pas lui avoir dit tout de suite, mais elle me le pardonnera vite et elle me comprendra. Gin m'aime, quoi qu'il arrive. C'est une meilleure amie en or. Elle me connaît par cœur et elle m'aime malgré mes défauts, comme je l'aime malgré les siens.

— Qu'est-ce qui te fait rire ? demande Wes.

Son souffle est rapide et des gouttes de sueur luisent sur son front.

— Rien, c'est juste Gin, je réponds en secouant la tête.

— Elle va bien ?

Je souris jusqu'aux oreilles, consciente de qui occupe ses journées. D'ailleurs, je me demande ce qui va se passer quand Tao repartira à Hawaï. Est-ce qu'elle voudra le suivre ? Connaissant Ginelle, elle ne voudra pas quitter Malibu si tôt après qu'on lui a trouvé un boulot et offert un logement, mais ça ne veut pas dire qu'elle n'aura pas envie de suivre Tao. Il faudra que je n'oublie pas de lui en parler… Ginelle est avec Tao, tu te souviens ?

— Qui est Tao, déjà ?

— Le frère de Taï, mon ami. Elle l'a rencontré à Hawaï.

Wes reprend sa hache et l'abat dans le grand creux qu'il a déjà ouvert.

— Tu veux dire ton cinquième client, dit-il froidement.

— Oui, Taï Niko, mon ami, je réponds.

Il connaît la vérité sur Taï et moi, mais il sait aussi que nous sommes restés de bons amis.

— Celui que tu t'es tapé pendant un mois alors que je me languissais de toi ?

La hache fend l'air et des copeaux de bois volent partout.

— C'est injuste, et tu le sais. Tu étais avec Gina, à l'époque, si je me souviens bien.

— Ouais. Et c'était la pire décision de ma vie, répond-il en grimaçant.

Je ne vais pas le contredire. Gina reste un sujet épineux pour moi, mais je me suis remise de leur relation. Bon d'accord, c'est un mensonge. J'ai accepté ce qu'ils sont l'un pour l'autre, aujourd'hui, et Wes va devoir en faire de même avec Taï, car ce géant est un de mes meilleurs amis.

— Tu dis ça maintenant mais… Bref, j'ai accepté Gina, et tu dois accepter Taï. Il sera là au mariage.

Il fend le tronc et recule, les yeux grands ouverts.

— Quoi ? Tu ne me l'as pas dit, dit-il en serrant si fort le manche que ses phalanges blanchissent.

— Lui et sa fiancée, Amy, font partie de mes vingt-cinq invités. On va aussi à leur mariage à Hawaï, cet été.

— C'est lui qui se marie cet été ?

— Oui, Wes, je soupire. C'est lui. Mon ami Taï. Celui qui a sauté dans un avion en juin et m'a aidée à me remettre après mon agression.

— Ç'aurait dû être moi, ça ! s'exclame-t-il en frappant si fort le tronc qu'il cède enfin et s'écroule.

— T'as fini, maintenant ? je demande, les mains sur les hanches et la tête penchée de côté.

— Je n'aime pas que d'autres hommes se soient occupés de toi. D'accord ?

— Je sais. Je comprends. Je n'aime pas que tu aies été avec Gina. Mais c'est du passé. Et ça ne change rien au fait que ces gens comptent pour moi. Tu sais très bien qu'il n'y a plus que de l'amitié entre nous.

— Tu dis que sa fiancée va venir ? demande Wes d'une voix douce.

Je marche vers lui et pose ma main sur son épaule alors qu'il se concentre sur l'arbre couché.

— Oui bébé, sa fiancée. Amy. Elle est charmante. Elle est au courant de notre passé, elle aussi, et elle ne nous en tient pas rigueur. Taï et moi n'avons été ensemble qu'un seul mois dans toute notre vie. Depuis le jour où j'ai pris l'avion, à la fin du mois de mai, nous ne sommes plus qu'amis. Je t'épouse dans deux semaines. Elle épouse Taï dans six mois. On est amis. On tient l'un à l'autre. C'est tout.

Je fais de mon mieux pour lui exprimer les sentiments sincères que j'ai pour Taï. Je ne veux pas que Wes soit jaloux d'un autre homme de ma vie.

— Je suis désolé. C'est juste… L'idée que tu aies été avec un autre me rend fou. C'est injuste, mais tu as raison. On a chacun notre passé, et tu as été infiniment patiente pendant que j'aidais Gina à se remettre de son traumatisme. Je suis désolé. Tu me pardonnes ? demande-t-il en me prenant par la taille.

— Je te pardonnerai toujours. Et je te montrerai à quel point quand on aura rapporté cet arbre au chalet et qu'on se décongèlera sous une douche fumante. T'en penses quoi ?

Il agit si vite que je me retrouve dans ses bras, les pieds à dix centimètres du sol.

— Tu proposes qu'on se réconcilie sur l'oreiller ? dit-il en me reposant et en souriant.

— Absolument !

— Alors j'accepte ! Maintenant, tiens la luge pendant que j'y pose notre premier sapin de Noël.

*

Wes et moi passons une bonne heure à traîner le sapin au chalet et à le hisser jusqu'à la terrasse, où il le secoue pendant de longues minutes. Apparemment, c'est nécessaire pour en déloger les habitants potentiels, les aiguilles et la neige. Puis il sort le souffleur à feuilles pour le sécher. Je trouve tout le processus fascinant.

Ensuite, nous passons encore une heure sous la douche, à nous réconcilier. C'est bien plus amusant que la chasse à l'arbre, mais je ne le dis pas à Wes.

À présent, assise sur le canapé, j'ouvre les cartons de décorations de Noël, de guirlandes lumineuses et autres. J'ai du mal à croire que les Channing ne viennent pas souvent ici. Wes a allumé la cheminée et je l'ai décorée avec des guirlandes en faux poinsettias, suspendues de chaque côté de chandeliers en argent qui, apparemment, étaient le cadeau de mariage de sa grand-mère à ses parents. Ensemble, Wes et moi chargeons l'arbre de guirlandes et d'ornements. Parmi les boules achetées en magasin, je trouve une boîte de décorations faites à la main sur lesquelles sont écrits les prénoms de Wes et de Jeanine.

Wes sourit quand je lui montre un rond en plâtre avec l'empreinte de sa main. Chaque doigt est peint d'une couleur différente et parsemé de paillettes.

Derrière, sa mère a indiqué qu'il avait cinq ans quand il l'a fait.

— Quand on était petits et qu'on était ici, maman nous occupait en nous faisant fabriquer des décorations qu'elle laissait là pour la prochaine fois qu'on passerait les fêtes à Aspen. C'était une tradition géniale, dit-il en souriant.

— On n'a qu'à faire ça avec Isabel.

Wes s'assied sur le canapé à côté de moi.

— Et on fera la même chose avec nos enfants, un jour.

Les enfants. On en a déjà parlé, mais à part se dire qu'on en voulait tous les deux, on ne peut pas dire qu'on soit allés très loin dans la discussion.

— Quand est-ce que tu veux commencer une famille, Wes ? je demande, un peu nerveuse.

Il prend ma main et embrasse tendrement chaque phalange.

— Ça dépend quand tu veux faire une pause dans ta carrière. Si ça ne tenait qu'à moi, on commencerait tout de suite. Je vais avoir trente et un ans cette année. Mais tu n'as que vingt-cinq ans et tu as ta carrière devant toi. Non pas que tu aies besoin de travailler, ajoute-t-il.

— Et si on prenait une année pour nous, et qu'on en reparle dans un an ?

— Ça me va, chérie.

Waouh, ce type est vraiment génial.

— Eh ben, c'était simple, je dis en riant.

— Pourquoi ça ne le serait pas ? Dans un mariage, il n'est pas question que l'un des deux ait tout ce qu'il veut. Mes parents ont toujours trouvé des compromis. Je crois que c'est ça, la clé. L'honnêteté aussi. Si je meurs d'envie d'avoir des enfants, on en parlera pour être sûrs qu'on est tous les deux prêts. Je crois que c'est le meilleur moyen d'aborder toutes les situations. Pas toi ?

J'y réfléchis en faisant tourner une boule dorée dans ma main.

— Ouais, je crois que tu as raison. Si on est sincères et prêts à faire des compromis, on devrait bien s'en sortir.

Il sourit et m'embrasse sur la joue.

— On s'en sortira mieux que bien ! Tant que je suis marié à toi, la femme de ma vie, il n'y a rien qu'on ne puisse résoudre ensemble.

Je me sens infiniment heureuse et sereine en entendant ces mots. Je me tourne vers lui pour l'embrasser, et nous passons quelques minutes à nous peloter sur le canapé. Je suis assise à cheval sur lui, ses mains sont sur mes seins, sous mon pull, lorsqu'une sonnerie retentit dans le salon.

— Qu'est-ce que c'est ? je demande en me figeant.

— La porte d'entrée. Ta famille est là, répond-il en m'embrassant dans le cou.

— Ma famille est là, je répète, encore sur un nuage.

Soudain, je réalise. *Ma famille est là !*

— Youpi ! je m'écrie en me levant d'un bond. Ma famille est là ! Ils sont là !

Je cours à la porte en chaussettes de Noël et en glissant sur le parquet.

J'ouvre grand la porte et découvre le visage grognon de Max.

— Bon sang, sucre d'orge, il fait un froid de canard ! Il fallait que tu choisisses la montagne pour notre premier Noël ?

Je me jette sur lui et l'embrasse sur la joue en le prenant dans mes bras.

— D'accord, ça va, je te pardonne, dit-il en souriant.

— Maddy, je chuchote en voyant ma sœur.

— Mia !

Elle passe ses longs bras autour de moi et me serre si fort que je n'arrive plus à respirer.

— Tu m'as tellement manqué ! dit-elle. Je n'arrive pas à réaliser qu'on soit dans le Colorado. C'est tellement cool !

— C'est cool, mais on se les gèle, dit Matt en me prenant à son tour dans ses bras. Merci de nous accueillir, Mia.

— Merci d'être venu, Matt.

Max ressort pour aller à la voiture et il remonte les marches avec un siège auto couvert d'un plaid bleu. Il me le tend et je découvre qu'il pèse une tonne. Que donnent-ils à manger à mon neveu, bon sang ? Le plaid bouge, je le soulève pour regarder dessous. Jackson sourit en mâchouillant sa main. Je le porte dans le salon et le pose par terre, près du sapin, puis j'enlève le plaid pour qu'il puisse regarder les lumières.

Lorsque tout le monde est installé et que nous avons tous un mug chaud entre les mains, nous finissons de décorer le sapin tous ensemble. Comme je m'y attendais, Maddy est ravie. Ses yeux sont gigantesques lorsqu'elle regarde le résultat fini. Je passe un bras autour de sa taille et appuie ma tête sur son épaule.

— C'est magnifique, non ?

— Oui, c'est superbe, Mia. Vraiment. Merci. Pour ça, pour nous avoir tous réunis. C'est… je ne sais pas. C'est énorme.

— C'est énorme, je suis d'accord. Et on va en profiter tous ensemble.

Max se glisse entre nous et nous appuyons nos têtes sur ses larges épaules. C'est justement ce qu'il aime, être entouré de sa famille.

— Demain, on parlera d'elle, mais pas aujourd'hui, je déclare. Aujourd'hui, on célèbre notre famille, on dîne ensemble et on savoure la magie de Noël.

— Je suis d'accord, dit Maddy.

— Je ferai tout ce que vous voulez, les filles. En famille, on prend soin les uns des autres, répond Max en nous serrant contre lui.

Je soupire en admirant mon premier sapin de Noël avec ma sœur et mon frère. Le sujet de ma mère a beau occuper un coin de nos têtes, ce moment est à nous. Nous formons une famille, quoi qu'il arrive. Nous sommes plus forts grâce aux épreuves que nous avons traversées. Les moments comme ceux-ci sont nouveaux et merveilleux, et j'emporterai ces souvenirs avec moi jusqu'à ma mort.

Chapitre 7

Nous avons fini de prendre le petit déjeuner, et Wes et Cindy sont en train de ranger la cuisine, Matt s'amuse avec Isabel, qui l'appelle déjà Tonton Matt. Maddy me dit qu'il adore ça. Matt est fils unique, donc il est ravi d'avoir une nièce et un neveu, et je l'apprécie encore plus d'être conscient de la valeur d'une famille. J'espère néanmoins que ça ne lui met pas des idées en tête avec ma sœur.

Max, Maddy et moi nous asseyons sur le canapé face à la cheminée. Maddy replie ses jambes sous ses fesses et je croise les miennes. Quant à Max, il est on ne peut plus sérieux. Ses jambes sont pliées en angle droit, ses coudes sont posés sur ses genoux et ses mains sont jointes.

— Ok, les filles. Il faut qu'on décide de la manière dont on va gérer la situation. Parlons franchement. Mia, raconte-nous ce qui s'est passé à la galerie.

Je leur raconte tout ce dont je me souviens, y compris de la gifle que je lui ai donnée et dont je ne suis absolument pas fière, ainsi que sa tentative de me convaincre qu'elle ne savait pas que Maddy était la fille de Jackson. Je leur dis qu'elle prétend ne se souvenir de rien, y compris des fois où elle m'a emmenée au casino pour poursuivre sa relation extraconjugale avec le père de Max. Je leur dis qu'elle a même osé insinuer qu'elle nous a abandonnés pour nous protéger et qu'elle m'a répété que je ne connaissais pas toute l'histoire, comme si elle savait quelque chose qui rendrait acceptable son abandon, alors que rien ne peut l'excuser.

— Eh bien, pour ma part, j'aimerais la revoir. J'aimerais lui dire ce que j'ai sur le cœur. Je crois que ce serait bien qu'on y aille tous ensemble. Qu'on l'écoute et qu'on s'assure qu'elle nous entend. Qu'en pensez-vous ?

— Tu crois vraiment que ça l'intéresse ? je demande en fronçant les sourcils.

— Je ne sais pas et je m'en fiche, répond-il en haussant les épaules. Ce n'est pas d'elle qu'il est question, mais de nous, de ce qu'on a traversé. On a le droit de la regarder dans les yeux et de lui dire tout le mal qu'elle nous a fait. Maddy ?

Maddy prend ma main et je serre la sienne dans ma paume, lui offrant mon soutien, ma solidarité de sœur. Nous avons toujours fonctionné ainsi. Cependant, nous avons un frère à présent, et nous devons lui faire une place à nos côtés. Nous ne sommes plus toutes les deux, il y a Max et sa famille. Et puis il y a Wes, Matt… ils ont tous une place dans cette réunion.

— J'ai peur, soupire ma sœur. Je ne sais pas quoi dire à quelqu'un dont je ne me souviens pas.

— Ça se comprend, dit Max en hochant la tête. Mia, tu crois que tu lui as dit tout ce que tu avais à dire ?

— Je ne sais pas.

— Que pensez-vous de venir toutes les deux avec moi pour me soutenir pendant que je dirai ses quatre vérités à notre mère ? dit-il d'un ton légèrement stressé.

Max n'aime pas demander de l'aide aux autres, et en temps normal, il l'évite autant que possible. Néanmoins, sa demande me fait paniquer et ma gorge se noue.

— Max… je chuchote.

Il secoue la tête.

— Je sais qu'elle vous a abandonnées et qu'elle vous a fait du mal. Elle m'a fait la même chose. Elle n'est même pas restée assez longtemps pour voir ma première dent. Bon sang, elle avait déguerpi avant même que j'aie ma première coupe de cheveux. J'aimerais la voir. J'aimerais mettre un visage sur un nom. Et j'aurais bien besoin du soutien de mes deux sœurs.

Je me lève et marche jusqu'à lui pour m'asseoir à ses côtés. Je passe un bras dans son dos et le serre contre moi.

— Je suis désolée. J'étais égoïste. Il ne s'agit pas que de moi, il s'agit de nous trois. Elle t'a blessé aussi. Et tu as raison, on doit y aller ensemble, soudés. Parce qu'on est une famille maintenant, n'est-ce pas ?

— Exactement !

Maddy longe le canapé et se blottit contre lui.

— Je veux être là pour toi. Tant que tu es là pour moi, je suis là pour toi, d'accord ? dit-elle avec des yeux brillants.

— Alors, c'est réglé. Je vais appeler Kent Banks et prévoir un rendez-vous.

Max hoche la tête et nous restons assis en silence, accaparés par nos pensées, les yeux perdus dans les flammes.

*

Kent Banks avait hâte de nous rencontrer. Au téléphone, il nous a dit qu'il y avait des choses que nous devions savoir avant qu'il accepte un face-à-face avec notre mère. C'est ainsi que nous nous retrouvons à *La Taverne de Zane*. Wes et Matt sont assis au bar, en train d'échanger des plaisanteries avec Alex, assez près pour garder un œil sur nous mais assez loin pour nous laisser une certaine intimité. J'ai déjà rencontré Kent. Il est un peu étrange, mais il semble inoffensif, même s'il est extrêmement protecteur avec sa femme. Techniquement, ils ne sont même pas mariés. Je me demande s'il sait qu'elle n'a jamais pris la peine de divorcer de mon père.

Mon père. Je soupire en pensant à lui. Encore une déception. Il ignore mes coups de fil depuis que je suis partie de Las Vegas et qu'on l'a installé chez lui avec deux infirmières. Elles nous ont dit qu'il répondait bien à son traitement mais que, mentalement, il est vite retombé dans ses vieilles habitudes. J'avais espéré qu'il resterait fort et qu'il sortirait enfin de sa spirale dépressive, peut-être était-ce naïf de ma part. À ce stade, je prie seulement pour qu'il continue de voir sa psy et qu'il ne se remette pas à boire. J'ai fait tout mon possible pour lui cette année, et bien plus qu'il ne le mérite. C'est à lui de jouer, maintenant.

Toute cette aventure m'a appris une leçon d'une valeur inestimable. L'amour n'est pas toujours bienveillant. Parfois, il peut être impitoyable, brutal et lâche. Ça ne veut pas dire qu'il disparaît pour autant. C'est ce que j'apprends à accepter, et Wes m'aide à guérir de la blessure laissée par la femme qui m'a donné la vie.

Une bouffée d'air glacial fouette mon visage lorsque Kent passe la porte. Il nous repère tout de suite et s'assied sur la banquette vide. Aucun de nous n'a voulu s'asseoir avec lui, donc Maddy et moi nous serrons d'un côté et Max a fait en sorte d'occuper toute la banquette qui fait l'angle avec la nôtre, laissant la dernière pour Kent. Si ce dernier remarque notre tactique, il n'en dit rien.

Il frotte ses mains l'une contre l'autre pour les réchauffer et nous regarde en souriant.

— Merci d'être venus.

Max, celui qui tient le plus à voir notre mère, parle le premier.

— Je suis Maxwell Cunningham, dit-il en lui tendant la main. Vous avez rencontré ma sœur, Mia Saunders, et voici notre petite sœur, Madison Saunders.

Maddy et moi lui sourions.

— Je suis sûr que vous ne voulez pas perdre de temps, donc je vais commencer par le début, dit Kent d'une voix calme.

Max hoche la tête et lui fait signe de continuer.

— Quand j'ai rencontré Meryl, elle était perdue. Elle traversait la campagne dans une voiture qui était sur le point de rendre l'âme. Elle était sale, elle ne s'était pas douchée depuis des jours, voire des semaines. J'ai appris plus tard qu'elle n'avait pas de vêtements pour pouvoir se changer, et c'est à peu près tout. J'ai supposé qu'elle fuyait un homme violent et, à l'époque, elle n'a pas dit le contraire. Elle m'a laissé penser le pire.

Je lève les yeux au ciel en soupirant bruyamment, outrée, mais Kent poursuit sans s'arrêter.

— Je l'ai rencontrée à la bibliothèque. J'étais là pour récupérer un livre dont j'avais besoin pour mes études, et elle était là pour se réchauffer.

Maddy serre ma main sous la table. Je ne suis pas surprise qu'elle soit attristée d'entendre qu'une autre personne a souffert comme nous. Mais je trouve ça déplacé. Notre mère avait une maison où habiter. C'est elle qui a choisi de la quitter. Elle n'aura aucune compassion de ma part.

— J'ai commencé à la voir de façon régulière à la bibliothèque. J'ai réalisé au bout d'une semaine qu'elle ne s'était pas changée. Ses cheveux étaient encore plus gras et, honnêtement, elle sentait mauvais. Mais il y avait quelque chose dans son regard… une étincelle quand elle plongeait ses yeux dans les miens. Elle me captivait. Un jour, je lui ai demandé de rentrer avec moi et je lui ai proposé de l'aider par rapport à ce qu'elle fuyait. Encore une fois, elle ne m'a pas contredit. Je l'ai lavée, je l'ai nourrie et je lui ai offert un toit. Les jours sont devenus des semaines, et j'aimais sa compagnie. Elle m'aidait avec mes études, elle faisait le ménage, elle nous faisait à manger et elle avait un talent pour l'art.

— Où voulez-vous en venir, Monsieur Banks ? Tout ça ne nous dit rien, si ce n'est qu'elle vous a menti comme à nous. Elle n'était pas SDF par malheur, elle l'était par choix. Son mari, mon père, n'a jamais levé la main sur elle. Jamais. Elle l'a détruit, et elle vous détruira aussi, je dis d'un ton plein de rancœur.

Kent secoue la tête.

— Non, s'il vous plaît. Écoutez-moi. Il y a des choses que vous ne savez pas.

Max se penche en avant et le fusille du regard.

— Alors, venez-en au fait.

— Au bout de deux mois, j'ai commencé à remarquer qu'elle faisait des choses étranges et irrationnelles. Je rentrai et je trouvai le sol de la cuisine couvert de farine, et elle en train de danser dedans comme une ballerine. Les gens normaux ne font pas ce genre de chose. Or, Meryl les faisait régulièrement. Une autre fois, elle avait versé du liquide vaisselle sur le parquet du salon et elle s'amusait à glisser dessus à plat ventre.

— Ouaip, c'est tout elle. Elle faisait ça tout le temps. Elle nous donnait des glaces pour dîner, elle nous emmenait danser sous la pluie en hiver ou au beau milieu d'un orage. Papa travaillait beaucoup à l'époque, pour lui offrir tout ce qu'elle voulait, donc il n'a pas tout vu. Quand il rentrait, elle partait souvent au casino pour danser dans un spectacle. Ils étaient comme des navires qui se croisaient dans la nuit, sans jamais faire escale en même temps.

— Alors, vous avez vu son comportement étrange. Il était plus qu'étrange, d'ailleurs. C'était comme si, tout à coup, elle perdait la tête. Parfois, elle était si joyeuse que je me demandais si elle se droguait, ou bien elle était au fond d'un gouffre et elle n'arrivait même pas à se lever.

— C'est peu dire, Monsieur Banks.

Je me souviens d'un million de fois où, petite, ma mère se comportait comme une folle et oubliait son rôle de mère. Mais on n'y prêtait guère attention, parce qu'on l'aimait.

— C'est quoi, le rapport avec elle maintenant ? demande Max.

— Tout. J'ai mis un moment à la convaincre, mais elle a fini par accepter de se faire examiner. Est-ce que vous saviez que votre mère était sévèrement bipolaire ? demande Kent.

Nous restons tous silencieux un moment.

— Bipolaire ? Vous voulez dire qu'elle était déprimée ? répond Max.

Kent secoue lentement la tête.

— Elle souffre de dépression, oui, mais c'est plus que ça. Elle a des sautes d'humeur. Son humeur change si vite et de façon si radicale qu'elle a besoin d'un traitement très lourd pour compenser. Sous traitement, elle va très bien. Elle arrive à garder un emploi, et on a découvert qu'elle était une artiste talentueuse capable de mener une vie tranquille et paisible. Ici, à Aspen, avec moi. Son humeur est toujours changeante, et elle souffre toujours de dépression et de folie heureuse, mais les cycles sont bien moins sévères et moins fréquents sous traitement.

Kent respire lentement, comme pour rassembler ses idées, comme s'il savait que ce qu'il allait dire n'allait pas être bien perçu.

— La femme qu'elle était avant, qu'elle était quand je l'ai rencontrée, n'aurait jamais été capable d'élever un enfant sans médicaments. Sa maladie était grave et elle avait clairement été ignorée toute sa vie. Je ne suis pas surpris qu'elle ait fait ce qu'elle a fait.

Je pose sur lui un regard meurtrier.

— Je ne dis pas que ce qu'elle vous a fait était juste, s'empresse-t-il de dire. Ce que je dis, c'est que sans traitement et dans un de ses moments de folie, elle aurait pu trouver parfaitement logique d'aller dehors, en hiver, pour danser avec ses enfants. La folie crée sa propre logique, ses propres moyens de justifier la nécessité d'une action. Or, lorsque les moments de délire joyeux prenaient fin et que la dépression reprenait le dessus, elle aurait trouvé ses enfants trempés, gelés, affamés, et elle aurait conclu qu'elle était une mauvaise mère et un danger pour ses enfants. Je peux vous jurer qu'elle traîne le poids de ses erreurs chaque jour.

Il secoue la tête, aucun de nous ne réagit.

Pour ma part, je ne sais pas quoi dire. Tant de pensées se pressent dans ma tête, tant d'émotions dans ma poitrine. Mes sentiments influencent mon jugement et me rongent de l'intérieur. J'ai besoin de temps.

— Même si l'autre jour l'a chamboulée, poursuit Kent, elle veut vous voir. Elle ne sait pas que Maddy et Max sont là, mais j'imagine qu'elle n'en sera que plus ravie. Elle veut s'expliquer, s'excuser. Vous êtes adultes, maintenant. Vous ne pouvez pas oublier le passé, mais peut-être que vous le comprendrez. Elle est avant tout ma femme. Cela fait presque quatorze ans que…

— Vous avez conscience que vous n'êtes pas officiellement mariés ? je rétorque. Elle n'a jamais divorcé de mon père.

— Je sais que notre mariage n'est pas légal, mais la loi m'importe peu. Ça fait quatorze ans que je protège cette femme, et je continuerai de le faire jusqu'à mon dernier jour. Alors, si tout ce que vous voulez, c'est la détruire, je pense qu'il vaut mieux en rester là, dit-il en posant ses mains à plat sur la table.

Max se lève et lui tend la main.

— Laissez-moi parler avec mes sœurs. On vous appellera plus tard dans la soirée.

Kent se lève et lui serre la main avant de fermer son blouson.

— J'ai hâte que vous m'appeliez. Je sais que vous souffrez et que ce que je vous ai dit est un choc. Ça m'a surpris, aussi, mais la vie est ainsi parfois. Ce qui nous définit, c'est notre façon de supporter les blessures.

Sur ce, il tourne les talons et s'en va sans regarder derrière lui.

Max se rassied en soupirant.

— Alors, qu'est-ce que vous en pensez ?

Je hausse les sourcils.

— Wes, bébé, une tournée de tequila, s'il te plaît ?

— Je gère ! répond-il en passant commande auprès d'Alex.

— La dernière fois que tu as bu trop de tequila, ricane Maddy, tu as fini par hurler toute la nuit dans les bras de ton Samoan géant en oubliant que j'étais dans la pièce d'à côté.

Je repense à ma nuit avec Taï, digne d'un film porno, et je lui mets un coup de coude.

— Ne t'avise pas de répéter ça quand Wes peut t'entendre, je gronde.

Max sourit, mais ferme les yeux.

— C'est une image dont je me serais bien passé, dit-il. J'apprécie la distraction, mais qu'est-ce que vous pensez de ce que le bûcheron a dit sur notre mère ?

Je soupire et serre Maddy contre moi, pour avoir son soutien et lui offrir le mien.

— Honnêtement, je ne sais pas. Ça semble assez logique. Tout ce qu'il a dit sur son comportement étrange est vrai. Les hauts de maman pouvaient atteindre les étoiles, mais les bas… étaient plus fréquents et moins faciles à supporter. On ne savait jamais à quoi s'attendre. Globalement, quand elle n'était ni folle de joie ni sévèrement déprimée, elle changeait de travail, elle accumulait les dettes, elle oubliait de nous récupérer à l'école et elle cramait ses plats parce qu'elle oubliait qu'elle avait mis quelque chose au four. Ce dont je me souviens colle avec ce qu'il a décrit.

— Est-ce que ça change ce que tu penses d'elle ?

Bon sang, c'est bien la question à un million de dollars.

— Peut-être un peu. Ce qui est sûr, c'est que ça m'aide à comprendre pourquoi elle était comme elle était. Ça n'explique quand même pas pourquoi elle est partie du jour au lendemain, pourquoi elle n'a pas parlé de ses problèmes à un médecin, pourquoi elle ne s'est pas fait aider. Quand elle nous a abandonnées, elle avait trente ans passés. Comment une telle maladie peut-elle passer inaperçue aussi longtemps ? Je déteste de le dire, mais ça semble un peu facile, non ?

— Peut-être que si elle n'était pas bien dans sa tête, elle pensait nous sauver en partant ? Peut-être que, au fond d'elle-même, elle se doutait que quelque chose n'allait pas ?

— Ça n'explique pas pourquoi elle m'a laissé quand j'étais bébé pour rester dix ans avec votre père, répond Max d'un ton lugubre.

— Non, c'est vrai. À moins que ton père ait vu quelque chose que mon père a ignoré ? Peut-être qu'il l'a poussée à se faire aider et que ça ne lui a pas plu.

— Je suppose qu'on ne saura pas tant qu'on ne lui aura pas parlé. Est-ce que j'appelle Kent pour fixer un rendez-vous ? J'aimerais le faire avant Noël, avant que le reste de la famille n'arrive. Au fait, la famille de Matt vient ? Max demande à Maddy.

Elle secoue la tête.

— Non. Comme Matt est avec moi et qu'on est tous ensemble, ils sont partis faire la croisière dont ils rêvent depuis longtemps. Ils n'ont jamais voulu que Matt reste seul, et maintenant qu'il ne l'est plus, ils nous ont demandé si ça nous gênait qu'ils partent en vacances. Je leur ai dit d'en profiter. L'année prochaine, en revanche, ils veulent faire Noël chez eux, si ça ne pose pas problème, dit-elle en nous regardant timidement.

Je souris et prends son menton entre mes doigts pour qu'elle me regarde.

— Eh, ta famille avec Matt est aussi importante que celle de Wes et de Cyndi, d'accord ? On fera de notre mieux pour passer les fêtes ensemble et pour que ce soit équitable. En tout cas, il y a assez de place pour nous tous, ici. Et vu les projets de Wes et de Max pour les deux ranchs, il y aura largement la place au Texas, aussi.

— Quels projets ? demande-t-elle en écarquillant les yeux.

— Wes veut acheter une des fermes à côté de notre maison, dit Max en souriant.

— Tu vas déménager au Texas ? s'exclame Maddy en gigotant sur son siège, tout excitée.

— Euh… Non. Oui. Plus ou moins. Max, tu crains ! Wes veut une maison de vacances. Et quel meilleur endroit qu'à côté de chez Max ? Et dans deux ans, si tout se passe bien, Matt et toi y serez aussi.

— Mon Dieu ! C'est génialissime ! Je vais vivre à côté de ma sœur et de mon frère !

Wes s'approche de nous avec un plateau couvert de shots de tequila, pas une tournée, un plateau. Il le pose, attrape une chaise et s'assied en bout de table alors que Matt s'installe à côté de Max.

— J'ai cru comprendre qu'il fallait boire ? dit-il. Vous êtes prêts ?

Wes sourit, et je fonds en le regardant. J'adore ce sourire. Il me fait penser à des grasses matinées au lit, le dimanche, et à des balades sur la plage. À des journées entières passées à aimer et être aimée en retour. C'est ainsi que sera ma vie avec Wes, et j'ai hâte.

Nous prenons tous un verre et le levons pour trinquer.

— À l'avenir !

— Aux possibilités sans fin, ajoute Maddy en souriant.

— À la famille, conclut Max.

Nous vidons nos verres et commandons à manger. Heureusement, Matt se propose d'arrêter de boire pour nous ramener. Max, Maddy et moi continuons les shots pour nous remettre du choc que nous venons de subir. Après tout, que reste-t-il à faire à part vivre le moment présent ? C'est donc ce que nous faisons. Toute la nuit.

*

Le rendez-vous avec notre mère est fixé deux jours avant Noël. Un lourd silence pèse sur nous durant le trajet en voiture. Heureusement, il se trouve que leur immense chalet n'est qu'à cinq minutes de celui de Wes. Nous arrivons rapidement en haut de l'allée de gravier qui y conduit.

Kent ouvre la porte et nous emmène dans un immense salon. Il y a de grandes fenêtres donnant sur la vue superbe, mais pas un mur de baies vitrées comme chez Wes. Ici, les ouvertures sur l'extérieur sont rondes, comme dans un bateau, mais bien plus grandes. Dans la cuisine moderne, une porte-fenêtre donne sur une terrasse en bois. La cuisine est éclairée par des suspensions en verre bleu qui surplombent le plan de travail et illuminent d'un voile azur la cuisine toute blanche. Tout est ultramoderne, tout en étant chaleureux. Dans le salon, blanc aussi, des tissus colorés attirent le regard.

L'objet le plus beau, au cœur de la pièce, est un tableau accroché au-dessus de la grande cheminée. Il montre la vue qui entoure le chalet, mais au printemps, quand tout est vert et plein de couleurs vives. L'artiste qui l'a peint a clairement un grand talent et une attention incroyable pour les détails.

Notre mère est assise tout au bout d'un canapé gigantesque. Elle est vêtue de leggings noirs et d'un pull blanc à grosses mailles. Ses cheveux sont terriblement noirs et semblent presque bleus, à distance.

— Venez, asseyez-vous, dit Kent en désignant les fauteuils et les canapés.

Nous faisons tous les trois le tour du canapé et nous asseyons ensemble en face de Meryl, laissant Kent prendre place aux côtés de sa femme. Elle lui prend immédiatement la main et la serre si fort que je vois ses doigts pâlir, comme s'il était la seule chose qui l'empêchait de devenir folle. Peut-être est-ce le cas.

— Mia, merci d'être venue. Maxwell, Madison…

Sa voix tremble et ses larmes se mettent à couler.

— Je suis contente de vous voir. Je ne pensais pas que ce jour viendrait…

Un sanglot l'interrompt, et Kent lui passe un mouchoir.

— Vous avez l'air si… Mon Dieu, vous êtes si beaux, dit-elle d'une voix émerveillée.

Je regarde Maddy pour voir comment elle va. Ses joues sont rouges. Quant à moi, je n'ai plus de larmes à verser. J'ai passé des années à pleurer cette femme, et encore des journées, plus récemment. Je me sens asséchée… vidée.

— C'est bien qu'on rencontre enfin la femme qui nous a mis au monde, dit Max en passant son bras autour de ma sœur. Je dois dire que, pour Maddy et moi, c'est comme si c'était la première fois.

Notre mère hoche la tête, et de nouvelles larmes ruissellent sur son visage.

— Je sais que je ne peux rien dire pour enlever le mal que je vous ai fait…

Je serre les dents et me retiens de parler pour éviter que la conversation ne tourne autour de moi. Après tout, elle nous a tous abandonnés.

— Mais je vais mieux maintenant et je comprends les dégâts que j'ai causés. Je sais, Mia, que tu es très en colère contre moi, et si j'avais su que mon départ serait pire que ma présence, je ne serais jamais partie.

— Pourquoi tu es partie ?

C'est la seule question que je meurs de lui poser depuis quinze ans.

Elle se lèche les lèvres et se tient plus droite.

— À l'époque, je n'avais pas les idées claires. Trop de fois, je me suis retrouvée debout dans la cuisine, à ne pas savoir ce que je faisais. Je recevais de plus en plus d'appels de l'école me demandant pourquoi je n'étais pas venue vous chercher. Je manquais le travail sans m'en rendre compte. Un jour, j'ai ouvert les yeux, j'étais en chemise de nuit, pieds nus, au milieu de la nationale qui mène dans le désert. Votre père travaillait de nuit et je n'avais pas de poste fixe au casino. Vous étiez toutes les deux seules à la maison. Je n'avais pas la moindre idée d'où j'étais.

— C'est affreux, dit Maddy.

Ma sœur est toujours la première à vouloir réparer tous les maux du monde.

— Ça l'était, répond Meryl en hochant la tête. Et ces trous de mémoire finissaient toujours de façon dangereuse. Je ne savais pas comment les faire cesser. La goutte d'eau a été le jour où j'étais si déprimée que j'ai bu toute la bouteille de whisky de votre père. J'étais convaincue qu'il me trompait.

Je ricane sèchement et elle lève la tête en rougissant.

— Je sais que c'est moi qui le trompais. Enfin, je ne le savais pas vraiment. La plupart du temps, je ne savais pas où j'étais ni quelle heure il était. Bref… ce dernier soir, j'ai bu le whisky, je vous ai mises dans la voiture et j'ai pris le volant.

La mâchoire de Max se contracte, je l'entends pratiquement grincer des dents.

— Je ne sais comment, j'ai quitté la route et je me suis mise à rouler dans le désert. Un bon Samaritain a vu ma voiture et a appelé les flics avant de me suivre. Au bout d'un moment, il a vu la voiture s'arrêter. Je m'étais endormie au volant. Les flics sont arrivés, ils vous ont prises et ils m'ont mise en cellule de dégrisement. Votre père est venu me chercher, j'étais censée être jugée pour mise en danger de mineurs et peut-être aller en prison, mais…

— Tu es partie, je termine pour enfoncer le couteau dans la plaie.

— Je ne savais pas que j'étais malade. Personne ne savait.

Chapitre 8

— Et pour moi ? demande Max.

Tiens donc, je me posais la même question.

— Tu m'as abandonné cinq ans avant de rencontrer Michael Saunders.

Meryl inspire lentement et s'essuie le nez.

— Tu as raison, c'est vrai. Jackson était un homme bien. Il voulait prendre soin de moi, fonder une famille. À l'époque, je pensais encore que j'allais devenir une danseuse célèbre. Il faut garder à l'esprit qu'à ce moment-là, ma maladie était débridée, déchaînée. Mes pensées étaient complètement chamboulées. Je pensais que Jackson voulait me mettre dans une cage dorée, me piéger en me faisant des enfants.

— Te piéger ? ricane sèchement Max.

— Tu ne comprends pas, sanglote-t-elle. Je suis tombée enceinte de toi tout de suite après avoir rencontré ton père. Ma maladie était sans limites. Je ne faisais confiance à personne. J'aimais Jackson, mais je n'étais pas amoureuse de lui. J'étais chaque jour un peu plus confuse que la veille. Je ne savais pas ce qui m'arrivait. La psy que j'ai vue ici m'a dit que c'était sans doute le baby blues, aggravé par mon instabilité mentale. Quand les hormones d'une femme montent aussi haut et retombent aussi bas, et qu'elle est bipolaire, les conséquences peuvent être désastreuses.

— Ouais, « désastreux » résume bien la situation, dit Max.

— Ça ne veut pas dire que je ne tenais pas à toi, que je ne t'aimais pas, Maxwell. Je t'aimais. Je t'aime encore aujourd'hui, énormément ! Mais je ne savais pas m'occuper de toi. J'avais des pensées horribles à propos de Jackson, à propos de me tuer, et toi aussi. J'ai fait la seule chose que je pouvais faire…

Elle pleure à chaudes larmes.

— Partir, conclut Max.

Ce mot me dégoûte, et ma colère monte de plus en plus, emportant tout sur son passage.

— Je savais que Jackson avait de l'argent, du pouvoir et du soutien. Je savais qu'il s'occuperait de toi jusqu'à ce que j'aie de nouveau les idées claires. Mais ça n'est jamais arrivé. Et quand j'ai rencontré Michael, il était si doux et aimant… Il s'est occupé de moi. Il me vénérait, sanglote-t-elle. Au début, nous étions tous les deux un peu fous et différents, et ça me plaisait. C'était nous deux contre le reste du monde. Puis, sur un coup de tête, dans un de mes moments de joie extrême, on s'est mariés dans une chapelle de Las Vegas. Peu de temps après, je suis tombée enceinte de Mia. Et… vous connaissez la suite.

Elle renifle et essuie ses larmes avec son mouchoir.

— Pourquoi tu ne nous as jamais contactés ? demande Maddy d'une petite voix triste.

— Oh, bébé, je le voulais. Chaque jour. Mais j'avais peur. De ce que vous diriez, de ce que Michael dirait. D'aller en prison. Et puis, j'ai eu peur de perdre Kent, le seul homme qui a vu que je n'allais pas bien et qui m'a aidée.

— Vous ne saviez pas qu'elle avait trois enfants ? je demande à Kent.

— Non, répond-il en secouant la tête. Meryl s'est effondrée quand elle t'a vue à l'émission du Docteur Hoffman, et elle m'a tout raconté. Elle m'a dit toute la vérité. J'ai fini par contacter l'émission en leur disant que j'étais ton beau-père, que je savais où était ta mère, que tu ne l'avais pas vue depuis quinze ans, que je voulais ressouder la famille.

Je soupire, vidant tout l'air de mes poumons. Cette foutue Shandi. Elle aurait pu me prévenir de ce qui allait me tomber dessus. J'ai hâte de mettre mes mains sur son petit cou tout maigre.

— Qu'est-ce que tu espères obtenir de tout ça ? je demande froidement, mon regard glacial rivé sur la femme assise en face de moi.

La bête qui sévit en moi se contrefiche qu'elle souffre. Ça fait des années que nous souffrons tous les trois pendant qu'elle vit au milieu d'une forêt, à peindre joyeusement, telle une femme au foyer sans souci et sans responsabilités. Or, elle avait des responsabilités.

Elle frotte ses mains sur ses cuisses.

— Euh… Je n'y avais pas vraiment pensé. Je voulais surtout ôter le poids qui m'écrase depuis quinze ans. Et je te promets que je ne savais pas pour ton père, Madison. Je buvais beaucoup, à l'époque, pour apaiser ma tristesse. Jackson venait en ville pour les affaires et il essayait souvent de me ramener au Texas, mais je refusais. Je lui disais que j'avais épousé quelqu'un d'autre, que j'avais eu Mia. Il aimait beaucoup Mia, dit-elle en me souriant tendrement. Ses visites se sont perdues dans un flou alcoolisé, je me souviens de très peu de choses.

Maddy hoche la tête et joue avec sa bague de fiançailles, la faisant tourner sur son doigt.

— Je suppose que j'aurais dû m'en douter. De vous voir côte à côte… c'est fou combien vous ressemblez à Jackson. Il aurait été fier de te connaître, Madison.

Maddy hoche la tête, puis elle s'effondre. Max la prend dans ses bras et elle enfouit sa tête dans son cou pour sangloter.

— Tu vois ça ? je demande en les désignant.

Meryl écarquille ses yeux apeurés.

— C'est ce que tu as laissé derrière toi. Je ne sais pas comment nous sommes censés nous remettre de ce qui nous est arrivé… à nous.

Meryl se mord la lèvre.

— Je le vois. Je suppose que mon plus grand espoir est de reprendre à zéro. Je ne serai jamais la mère que vous vouliez et que vous méritez, mais je suis votre mère et j'aimerais essayer d'apprendre à vous connaître. Si vous m'y autorisez.

Je hausse les épaules, ne sachant quoi répondre. Je l'ai détestée pendant si longtemps et j'ai nourri une telle rancœur contre elle que j'ai du mal à accepter ces nouvelles informations.

Je comprends qu'elle est malade. D'un point de vue théorique, je comprends que beaucoup de ce qu'elle a fait n'est pas de sa faute. Mais ça ne change pas les années de souffrance qu'il me faudrait mettre de côté pour trouver la compassion nécessaire pour entretenir une relation avec elle.

— En ce qui me concerne, j'aimerais essayer, dit Max d'une voix grave et rauque.

Meryl cligne des yeux et sourit.

Ça ne m'étonne pas de Max, Monsieur Famille. Ses proches sont tout pour lui et il aime les gens encore plus vite qu'il leur pardonne. C'est son plus bel atout et sa faille la plus vulnérable, mais je regrette de ne pas être davantage comme lui.

— Ma femme, Cyndi, et moi avons deux enfants. Isabel a cinq ans et Jackson a tout juste deux mois. Ce serait bien qu'ils apprennent à connaître leur grand-mère.

Meryl porte ses doigts à sa bouche et pleure à chaudes larmes.

— Des petits-enfants, mon Dieu, Kent, on a des petits-enfants ! s'exclame-t-elle, pleine de joie.

Je ferme les yeux, attendant la réponse de Maddy.

— Moi aussi, j'aimerais essayer. Mais ce ne sera pas facile. Je ne te connais pas vraiment.

Et… euh… mon fiancé et moi vivons à Las Vegas. Mia est à Malibu et Max au Texas.

La voix de Meryl tremble lorsqu'elle répond.

— Ce n'est pas grave. On pourra commencer par des e-mails et des coups de fil. Et un jour, peut-être que Kent et moi pourrions venir vous voir. Ma galerie marche bien et j'ai assez d'économies pour venir en avion.

— Si tu veux voir tes petits-enfants, Meryl, dit Kent en lui massant l'épaule, je me ferai un plaisir de t'offrir ton billet. On a tout notre temps pour réparer nos torts.

Argh, j'ai envie de les détester tous les deux. Kent semble être un homme gentil, patient et attentionné. Il serait un super grand-père pour les enfants de Max.

Tous les regards sont donc fixés sur moi. Je ferme les yeux, pour éviter qu'on me juge. J'ai passé de nombreuses années à l'aimer et encore plus à me morfondre de son absence… avant de finir par la détester.

— Mia ? demande notre mère. Et toi ? Y a-t-il encore une part de toi à qui je manque et qui aimerait que les choses changent ?

Je ferme les poings et plante mes ongles dans mes paumes.

— Tu m'as manqué tous les jours, pendant des années. Chaque fois qu'un garçon me faisait du mal, ma mère me manquait. Chaque jour où papa oubliait de nous nourrir, ma mère me manquait. Chaque verre qu'il buvait pour tout oublier, ma mère me manquait. Toutes ces années d'épreuves ! J'ai dû être l'infirmière de mon père et la mère de Maddy. À cause de toi, j'ai volé, je me suis endormie le ventre vide tant de fois que j'ai cessé de compter, et j'ai menti à chaque médecin et conseiller d'orientation à propos de notre situation.

— Je suis tellement, tellement désolée… chuchote Meryl.

— Je n'en doute pas. Et moi, je suis désolée d'avoir dû voler alors que j'étais à peine ado. Je suis désolée qu'à douze ans, j'aie dû faire notre lessive dans l'évier avec du liquide vaisselle. Je suis désolée que ma sœur et moi n'ayons jamais connu de vrais Noëls, de vrais anniversaires où notre mère nous gâtait comme toutes nos amies. Mais par-dessus tout, Mère, je suis désolée que nous n'ayons pas mérité que tu te fasses aider et que papa n'ait pas été assez fort pour prendre les choses en main et t'aider. Pas seulement pour toi et lui, mais pour nous. Pour Maddy et moi. Je ne sais même pas comment t'expliquer le choc que ça a été de découvrir que j'avais un frère aîné de cinq ans. Vingt-cinq ans, Mère ! J'aurais pu avoir Max depuis vingt-cinq ans. Tu ne sais pas combien nos vies auraient été embellies si on avait su qu'il existait ? Il est tout pour nous, maintenant ! Et toi… tu nous l'as caché. Que tu aies été malade ou non, tu savais que tu avais un fils et tu ne nous en as jamais parlé. Rien que pour ça, je ne sais pas si je pourrai te pardonner. Un jour, peut-être. Mais pas aujourd'hui, ça c'est clair.

Sur ce, je me lève, tremblant des pieds à la tête.

— Je vous attends dans la voiture, je dis à Max qui est déjà debout aux côtés de Maddy.

Il veut probablement m'empêcher de la gifler de nouveau. Dieu sait que j'en ai envie. Mais ça n'apaiserait pas la douleur qui paralyse mon cœur. Ça ne réparerait pas le trou énorme qu'elle y a laissé depuis toutes ces années. Seul le temps guérira ces plaies.

— Je suis désolée ! sanglote-t-elle derrière moi.

Je ne me retourne pas. Au lieu de ça, je répare les fissures dans les parois qui entourent mon cœur et qui se sont ouvertes en voyant ma mère. Je les referme avec de la chaux et du ciment, les recouvre de plâtre et croise les bras pour me protéger. Elle ne fera pas tomber ce mur. Pas encore.

En fin de compte, en dépit de sa maladie, j'avais besoin qu'elle tienne plus à moi qu'à elle-même. Je suppose qu'avec un problème aussi grave que le sien, ce n'était pas facile. Cependant, j'ai besoin de gens forts dans ma vie, prêts à prendre des risques pour les autres. Aujourd'hui, je ne suis pas prête à faire de la place à la femme qui m'a abandonnée.

*

Je suis secouée de spasmes en traversant le chalet pour aller dans ma chambre. Lorsque j'y arrive, j'enlève tous mes vêtements, excepté mon débardeur et mon shorty Aubade, je soulève la couette et je me couche. Je saisis l'oreiller de Wes, plonge mon visage dans son parfum et, tout à coup, un corps chaud se plaque contre le mien et des bras lourds m'enserrent.

— Tu veux parler ? demande Wes.

Je prends sa main et la porte à ma bouche pour embrasser ses phalanges.

— Pas vraiment.

— Tu veux baiser ? demande-t-il en plaisantant.

L'ancien Wes revient un peu plus chaque jour, et j'en suis infiniment reconnaissante.

— Pas vraiment, je réponds en soupirant.

Il niche son visage dans mon cou et y frotte son nez.

— Pas vraiment ? Ça va être ta réponse aujourd'hui ?

— Peut-être.

— Chérie, il faut que tu parles. Dis-moi ce qui se passe dans cette superbe tête, dit-il en massant mon crâne.

Son massage est divin et c'est justement ce dont j'ai besoin pour soulager une partie du stress qui bouillonne en moi depuis que j'ai revu Meryl.

— Je suis une mauvaise personne.

Ses doigts cessent un instant leurs mouvements avant de reprendre.

— Pas du tout. Dis-moi qui t'a mis cette idée en tête pour que je lui casse la figure.

— Eh bien, tu n'as pas à aller loin puisque c'est moi.

Il plonge ses doigts dans mes cheveux et les caresse sur toute leur longueur.

— D'accord, alors explique-moi pourquoi la femme que j'aime, la femme que j'adore, que je vénère, a une si piètre opinion d'elle-même ?

Mon Dieu, je l'aime tellement. Même dans des moments comme celui-là, où j'aurais tendance à me cacher et fuir toute connexion intime, il est le seul à se frayer un passage. Pendant le trajet du retour, Max et Maddy ont tous les deux essayé de me parler et de comprendre ce que je ressentais, et je les ai repoussés. D'ailleurs, j'ai même été assez méchante avec eux en leur disant de me laisser dans ma merde et de me foutre la paix. Je n'en suis pas particulièrement fière.

J'embrasse de nouveau ses phalanges, pressant mes lèvres sur ses mains que je connais par cœur.

— Max et Maddy sont tous les deux d'accord pour faire une place à Meryl dans leur vie.

— Et pourquoi ça fait de toi une mauvaise personne ?

— Parce que moi, je ne veux pas. Je suis furax. Je suis même plus en colère qu'avant. Je comprends qu'elle ne contrôle pas toujours ses pensées, mais qu'en est-il des moments où c'était le cas ? Qu'a-t-elle fait quand elle était lucide ? Elle aurait pu nous contacter, s'assurer que ses enfants allaient bien. Elle aurait pu divorcer de papa pour qu'il puisse tourner la page. Son départ a laissé un énorme vide dans notre maison et rien ne pourra jamais le remplir. Pire que ça, je crois qu'elle se fiche de ce qu'on a vécu après son départ.

— Tu as le droit d'être en colère, chérie. Bon sang, je suis en colère pour toi ! Mais un jour, ta colère finira par se calmer, et là, qui sait ?

— Elle ne nous a jamais parlé de Maxwell ! À mes yeux, c'est impardonnable. Si Jackson Cunningham n'avait pas mis mon nom dans son testament, je n'aurais jamais su qu'il existait. Il n'y aurait pas eu de réunion de famille, de nièce et de neveu. Pas plus de ranch au Texas.

Wes grogne dans mon cou et m'embrasse.

— Je comprends, et tu as raison. Je pense qu'elle aurait pu trouver un moyen de vous le faire savoir. Et si elle est sous traitement depuis qu'elle a rencontré Kent, ça veut dire qu'elle a eu les idées claires pendant presque toutes ces années depuis qu'elle est partie. Pourquoi ne vous a-t-elle pas contactés ?

Je raconte à Wes qu'elle a été arrêtée au volant en état d'ivresse et qu'elle risquait de faire de la prison, mais sans rire, le risque que l'État du Nevada mette une femme bipolaire en prison est quasi nul. Je connais plein de gens qui se sont fait arrêter au volant en état d'ivresse et qui n'ont pas fait de taule. Certes, étant donné qu'elle avait deux enfants à l'arrière, elle aurait certainement été condamnée et elle ne nous aurait sans doute pas vus pendant un moment, mais au moins on aurait su où elle était. On aurait su pour Max. Papa ne serait pas devenu alcoolique.

— Écoute, Mia, tu ne peux pas t'en vouloir de ressentir ce que tu ressens. Tu as vu plus de choses et subi plus d'épreuves à cause de son abandon. Tu dois prendre le temps d'encaisser toutes ces informations, dit-il en me massant de nouveau. Ne te prends pas la tête, d'accord ? Tu as eu beaucoup de choses à gérer. Comme nous tous ces derniers mois.

Je hoche la tête, me tourne vers lui et appuie mon front contre son torse. Il sent la colle et les biscuits au chocolat.

— Pourquoi tu sens comme une classe de maternelle ? je demande en respirant de nouveau son odeur.

— Cyndi, Matt et moi avons fait des décorations avec Isabel. Est-ce que ça t'intéresserait de faire ta première déco de sapin ? demande-t-il en souriant.

Je lève la tête pour embrasser son sourire.

— Tu veux dire, créer de nouveaux souvenirs ?

— Un peu oui. Et les meilleurs, répond-il en hochant la tête et en souriant de plus belle.

— Est-ce que tu me préparerais une tasse de chocolat chaud ? je demande en faisant ma moue irrésistible.

Wes a récemment découvert ma passion pour le chocolat chaud avec des chamallows. J'en ai trouvé une boîte dans le placard quand je préparais le café, ce matin.

— Je ferai tout ce que tu veux si ça te redonne le sourire et te fait ressentir la magie de Noël.

— Je t'aime. Tu le sais, n'est-ce pas ?

Il caresse mes cheveux.

— Je ne pense pas que j'arriverais à gérer tout ça sans toi. Avec toi, tout est plus simple. Je pourrais affronter n'importe quelle épreuve du moment que tu es à mes côtés.

Il m'embrasse le bout du nez.

— C'est ainsi que ça doit être. Tu ne crois pas que tu m'as sauvé quand je suis rentré d'Indonésie ? demande-t-il. Mia, mon Dieu, je serais sans doute devenu fou si tu ne t'étais pas donnée autant à moi. Ce que j'ai pu te faire, bon sang. Ce que tu m'as laissé te faire… ça m'épate. C'est toi, et toi seule, qui m'as ramené dans le monde des vivants. Je te dois tout.

— Tu ne me dois rien. Rappelle-toi, je donne, tu donnes. Tant qu'on est ensemble, on a tout ce dont on a besoin, je réponds en frottant mon nez contre le sien. Maintenant, tout ce dont j'ai besoin, c'est d'une tasse de chocolat chaud fumant, de mes chaussettes de Noël, de chants de Noël, de rires d'enfants et de ma famille. Tu es prêt à me donner tout ça ?

Rapide comme l'éclair, Wes m'assied au bord du lit. Il ouvre un tiroir et sort un jogging qu'il me jette, puis il trouve des chaussettes rouges à pois blancs qui m'arrivent aux genoux. Les orteils sont marron et il y a des yeux sur la cheville et un petit pompon rouge, c'est censé ressembler à Rudolph. Elles sont immettables avec des chaussures, mais c'est Ginelle qui me les a offertes et je les adore.

Wes m'aide à mettre les chaussettes et il me donne un de ses t-shirts à manches longues, à mettre par-dessus mon débardeur.

— Tu es belle comme un cœur, dit-il en souriant.

J'éclate de rire en regardant mon look. Je ne sais pas comment il peut m'aimer dans cette tenue, mais j'en suis ravie. Il prend ma main et nous retrouvons les autres dans le salon.

Maddy est blottie contre Matt sur le canapé, devant le feu. Cyndi joue avec le bébé, d'un côté, et Isabel est concentrée sur une décoration qu'elle fabrique avec l'aide de son papa. Tous les regards se tournent vers moi quand j'entre dans la pièce.

Il est temps de m'ouvrir aux gens qui m'aiment et de prier pour qu'ils me comprennent.

— Bon. J'ai fini de me morfondre. J'en veux toujours à notre mère. Je ne suis pas prête à lui faire une place dans ma vie, mais j'ai besoin de vous. Donc je m'excuse platement et espère que vous voudrez bien pardonner mon humeur boudeuse et méchante.

— Eh, frangine, dit Max en souriant, tu veux fabriquer un ornement ? Bell en a préparé un pour sa Tatie Mia.

Je regarde Maddy et elle sourit jusqu'aux oreilles.

— La plus belle fille du monde, je dis, émue, fière et reconnaissante qu'elle et Max tournent aussi facilement la page.

— Mais seulement quand elle sourit ! s'écrie Isabel depuis la table. Je la connais celle-là, mon papa me le dit tout le temps.

Je vais jusqu'à ma nièce et me baisse pour l'embrasser sur la tête.

— Ah oui ? je dis en regardant Max.

— Ouaip, répond-il. C'est une femme très sage qui me l'a appris.

L'idée que mon frère s'inspire de moi et en fasse part à sa fille me réchauffe le cœur comme aucun chocolat chaud n'aurait pu le faire.

Quelques secondes plus tard, des chants de Noël animent la pièce et une tasse fumante apparaît devant moi.

— Pour ma reine, dit Wes en me faisant un clin d'œil.

— Oh, les reines ! crie Isabel. J'ai une couronne que tu peux décorer, Tatie. Tiens, celle-ci est pour toi, celle-là pour Maddy, et ça, c'est pour ma maman. On peut toutes être des reines et des princesses à Noël ! s'exclame-t-elle en riant.

Je souris et prends la petite couronne en mousse. Isabel est entourée de stylos à paillettes, de colle, de strass et de sequins, tout ce qu'il faut pour fabriquer ses propres décorations. La petite fille est aux anges. Quant à moi, je n'ai pas la moindre idée de ce que je suis censée faire, alors je m'installe à côté de ma nièce de cinq ans et la laisse m'apprendre comment faire.

Mis à part la question de ma mère, ce sont déjà les plus belles fêtes de ma vie, et elles n'en seront que meilleures demain, quand la famille de Wes arrivera. Nous avons préparé un sacré festin de veille de Noël. Cyndi va nous faire une superbe dinde et de la farce maison, car j'ai décidé il y a longtemps que je préférais mourir plutôt que d'avoir mes mains dans la carcasse d'un animal. J'ai beau aimer le goût, l'idée de le faire me file la nausée. En revanche, Maddy et moi allons tout donner sur les desserts. À nous deux, il n'y a rien que nous ne sachions faire.

Sans doute, ce talent nous vient-il de notre ballerine à la farine.

Ce doit être le seul trait de caractère que notre mère nous ait légué. J'ai beau lui ressembler physiquement, je ne suis en rien comme elle. Mes proches pourront toujours compter sur moi, quelles que soient les circonstances.

Chapitre 9

— Petit Papa Noël, il est descendu du ciel, avec ses jouets par milliers, et j'espère qu'il ne m'a pas oubliée !

Isabel chante à tue-tête dans le couloir en frappant à chaque porte, et je grogne en m'asseyant dans le lit.

— Je ne veux jamais d'enfants.

Wes rit, me rallonge et se blottit contre mon dos. Il est délicieusement chaud et il tapote mes fesses avec une érection non négligeable.

Je souris d'un air machiavélique et sors du lit.

— Non ! C'est hors de question ! On garde ça pour demain soir. J'ai une tenue spéciale que je meurs d'envie de mettre pour toi le jour de Noël.

— Et en quoi ça m'empêche de te prendre maintenant ? demande-t-il en fronçant les sourcils.

Je vais d'une commode à l'autre pour préparer les vêtements que j'ai prévu de mettre aujourd'hui. Un jean slim bleu foncé, mes Ugg caramel et un pull crème avec un col en V. C'est simple et assez mignon pour accueillir ma future belle-famille pour notre premier Noël ensemble.

— Parce que je veux qu'on s'économise. Allez, lève-toi maintenant. Il faut se doucher et commencer à cuisiner. Ta famille va arriver dans quelques heures et je veux que la maison soit parfaite.

Wes sort du lit en râlant, vêtu d'un boxer et d'une superbe érection. Bon sang, cet homme est le sexe incarné. Quand il me surprend en train de le mater, il soupèse son paquet, et je crois qu'une goutte de bave coule sur mon menton.

— Un p'tit coup rapide sous la douche ? dit-il en enlevant mon t-shirt.

— Ouais, un p'tit coup rapide sous la douche.

Il ricane et me pousse dans la salle de bains.

*

Musique de Noël : check.

Décorations : check.

Bonbons et chocolats sur la table : check.

Gâteaux au four : check.

— Comment se porte notre dinde ? je demande à Cyndi qui est en train de la recouvrir de jus de viande.

— Elle sera prête pile à l'heure, dans deux heures. On mettra le gratin de pommes de terre, les flageolets et les petits pains au four un peu plus tard.

Je regarde le sapin et j'arrange un ornement d'un côté ou de l'autre pour que tout soit impeccable.

— Chérie, détends-toi. Maman va adorer, dit Wes en me surprenant dans ma maniaquerie.

Mon Dieu, j'espère qu'il a raison. Claire Channing a beau être une authentique reine dans les cercles friqués de Los Angeles, c'est aussi une véritable mère. Elle s'est assurée que ses enfants grandissent avec une morale, des valeurs et une éthique professionnelle béton. Claire est aussi une cuisinière formidable, c'est pour ça que Cyndi est en charge de la plupart des plats, et pas moi. Cependant, j'ai l'intention de la conquérir avec mes super-desserts.

— Je veux juste que tout soit parfait, je chuchote.

Wes passe ses bras autour de moi, par-derrière, et appuie son menton sur mon épaule. Nous regardons tous les deux le sapin qui est, je dois l'avouer, digne d'un catalogue de décoration. Il comporte le parfait mélange d'ornements achetés et faits maison par le clan Channing au fil des années.

— Mia, c'est parfait. La seule chose qui intéresse ma mère, c'est d'être avec sa famille. Tout ça… dit-il en désignant le sapin, les décorations et les chocolats, ce n'est que du bonus.

Je respire lentement.

— Si tu le dis. Je veux juste qu'elle sache que je suis capable de t'offrir une belle vie, que nos fêtes de fin d'année seront toujours passées en famille et en beauté.

Il éclate de rire et m'embrasse dans le cou.

— T'en fais pas, tu as fait du super-boulot.

Je m'accroche à ses bras et me crispe lorsque j'entends la porte d'entrée s'ouvrir et le bruit de pas dans le hall d'entrée.

— Ils sont là ! dit-il en souriant et en m'embrassant sur la joue avant de courir derrière Isabel qui se précipite dans le couloir pour accueillir sa famille.

J'attends quelques minutes, affreusement nerveuse, arrangeant les décorations de la table basse une dernière fois avant qu'ils n'entrent.

Charles entre le premier, les bras grands ouverts pour me faire un câlin.

— Mia, joyeux Noël. Où est l'alcool ? Il va nous en falloir beaucoup après cet atterrissage. Je te jure que ce pilote a eu son permis dans une pochette-surprise, vu la façon dont il a géré les turbulences. C'était affreux.

Dans la cuisine, Max lui montre une bouteille de vin et une de bière.

— J'ai ce qu'il faut, Monsieur Channing ! s'exclame-t-il.

— Alors j'arrive, dit Charles en m'embrassant sur chaque joue.

Il part retrouver mon frère à qui je laisse le soin de se présenter. Max n'a pas besoin de moi pour ça.

Claire entre ensuite en dégageant ses cheveux blonds de son visage.

— Mia, je suis ravie de te revoir.

Elle vient à moi et me prend dans ses bras. Ses cheveux sont froids contre mon nez et je détecte un parfum de pêche, d'abricot, de rose et de musc. J'apprendrai plus tard qu'il s'agit de *Trésor*, de Lancôme. Elle entre dans le salon et écarquille les yeux. Elle fait lentement le tour de la pièce, effleurant ici et là des nœuds rouges, des guirlandes, des ornements sur la cheminée, puis elle s'arrête devant le sapin et caresse délicatement une décoration faite maison.

— C'est incroyable. Le chalet n'a pas eu l'air aussi festif depuis des années. Comment as-tu trouvé le temps de faire tout ça ? demande-t-elle.

Mon stress se dissipe tandis que je lui raconte comment Wes m'a emmenée couper mon premier sapin.

— Ton premier ? Ça ne peut pas être ton premier, si ?

Je me mords la lèvre et tourne la tête, ne sachant jamais comment aborder mon enfance démunie. Maddy arrive à ma rescousse, passant un bras autour de mes épaules avant de tendre la main à Claire.

— Notre famille n'était pas très attachée aux fêtes de fin d'année. Mais nous, si. Je suis Madison Saunders, la sœur de Mia. Je n'ai entendu que de belles choses à votre sujet, Madame Channing.

Je serre ma sœur contre moi, reconnaissante qu'elle m'ait sauvée. Je n'aime pas parler de tout ce qu'on n'a pas eu durant notre enfance, surtout avec quelqu'un qui n'a manqué de rien. Je sais que je ne devrais pas, mais je me sens nulle, même si je n'ai pas eu le choix.

Claire et Maddy discutent un peu, jusqu'à ce que la mère de Wes regarde la cheminée de plus près, effleurant les chandeliers en argent du bout des doigts.

— Mon Dieu, c'est ici qu'ils étaient ? s'exclame-t-elle. Charles, tu t'en souviens ?

Le père de Wes rejoint sa femme et passe un bras dans son dos.

— Le cadeau de mariage de mes parents. Je me demandais pourquoi ça faisait si longtemps que je ne les avais pas vus. Je me rappelle, maintenant, qu'on les a apportés ici pour fêter notre premier Noël à quatre. Tu te souviens ?

Elle porte sa main à son front.

— Oh oui, je m'en souviens maintenant. On a passé des années à les chercher. Dire qu'ils ont toujours été ici !

— Je les ai trouvés avec d'autres décorations dans un carton de grille-pain, je dis en souriant.

— Eh bien, ça explique tout, répond Claire en levant les yeux au ciel. Qui se douterait que des chandeliers en argent seraient dans une vieille boîte de grille-pain ? dit-elle en riant et en lui mettant une petite tape sur l'épaule.

— Tu crois que c'est moi qui ai fait ça ? s'exclame-t-il en riant d'un ton coupable.

— Qui d'autre ? Les enfants étaient bébés, glousse-t-elle en regardant de nouveau les chandeliers. Quoi qu'il en soit, on est ravis que tu les aies retrouvés.

— Si j'étais vous, je les sortirais toute l'année. Si vous y tenez tant et qu'ils vous rappellent de bons souvenirs avec les gens que vous aimez, pourquoi ne pas les avoir tous les jours sous les yeux ? je dis en haussant les épaules.

Je rougis immédiatement en réalisant ce que je viens de dire. Mince. Mia, mets ton filtre, bon sang !

— Enfin… si vous le voulez, j'ajoute.

— Tu sais quoi ? Tu as raison, dit Claire. Quand on s'en ira, on les prendra avec nous et on les mettra sur la cheminée de la maison, Charlie.

— Comme tu veux, ma chère, répond-il en l'embrassant sur la tempe.

Ouf ! Désastre évité !

Claire se tourne vers moi et prend mon bras.

— Bien vu, Mia. Maintenant, est-ce que tu pourrais trouver un verre de vin pour une vieille dame ? Ce vol était un cauchemar.

Elle fronce les sourcils, mais même sa grimace est raffinée et jolie.

Wes avait raison. Je m'inquiétais parce que je voulais les impressionner, et j'ai réussi, mais ils ne sont pas là pour ça. Ils veulent seulement apprendre à connaître notre famille, tout comme nous voulons découvrir la leur.

*

Quelques heures et quelques verres plus tard, le dîner est servi. Max et Cyndi se sont surpassés. Chaque plat est encore meilleur que le précédent. La dinde est juteuse et la sauce sublime. Je crois avoir pris quatre kilos rien qu'en dinde et en farce. La table est joyeuse et bruyante, exactement comme je l'aime. Maddy est à côté de moi, Wes de l'autre. Ensemble, nous savourons d'être entourées par ceux qui nous sont chers.

— On a une famille maintenant, je chuchote à Maddy.

— Je n'ai jamais imaginé qu'on aurait quelque chose de si beau. Je ne le prendrai jamais pour acquis, répond-elle.

— Moi non plus, je dis en serrant sa main.

— Eh, c'est quoi ces messes basses ? demande Wes d'un ton enjoué.

— Rien, je réponds en secouant la tête. Cette soirée est magnifique, c'est tout.

Il se penche vers moi et m'embrasse tendrement, en effleurant à peine mes lèvres. Avec Wes, chaque baiser a sa propre signification, et celui-ci est le plus beau de tous, car c'est la veille de Noël et nous avons réuni nos familles pour la toute première fois.

Peter, le mari de Jeanine, se racle bruyamment la gorge en se levant, son verre de vin à la main. Il tapote légèrement son couteau sur le cristal, et tous les regards se rivent sur lui.

— Nous avons une annonce à faire, dit-il en posant une main sur l'épaule de sa femme.

Les yeux de Claire se remplissent immédiatement de larmes et Jeanine sourit jusqu'aux oreilles.

— Vas-y, dit-elle à son mari d'une voix tremblante.

— On attend un bébé ! s'exclame Peter.

Wes et Claire sont debout avant même qu'il n'ait dit le mot « bébé » et ils se précipitent de l'autre côté de la table.

— Génial ! dit Maddy en levant sa coupe de champagne.

Nous trinquons toutes les deux et vidons nos verres.

— Félicitations, c'est super, je leur dis.

Wes prend sa sœur dans ses bras et la serre fort contre lui.

— Mia et moi sommes ravis pour vous.

Je réalise alors toute la signification de ce « Mia et moi ». Wes et moi ne sommes pas seulement ensemble. Nous formons désormais un nous, une équipe soudée. Et quand nous serons mariés, la semaine prochaine, on nous appellera « les Channing ». Je n'ai jamais été une « Les » auparavant, et en regardant Wes prendre sa famille dans ses bras et caresser le ventre encore plat de sa sœur, je comprends que je fais partie d'un tout, d'une famille aimante, et c'est ce qui compte le plus. Je comprends maintenant.

Aujourd'hui, avec Max et son clan, Maddy et son mec, et la famille de Wes, je réalise que je ne suis plus seule au monde, plus une ou deux personnes sur qui compter. Je nage désormais dans un océan de possibilités dans lequel tous ceux qui m'entourent sont prêts à m'aider et à me jeter une bouée quand les eaux de la vie seront trop agitées.

Je suis heureuse. Véritablement, merveilleusement et superbement heureuse.

*

Nous sommes tous assis au pied du sapin de Noël, en train de regarder Isabel perdre la tête face à la montagne de cadeaux que le Père Noël lui a apportés. Elle a aussi un cadeau de Maddy et moi, de Clair, et de Jeanine. Elles étaient ravies de faire du shopping pour une petite fille et elles se sont un peu lâchées.

— Heureusement que tu as un jet privé, Max, je ricane en regardant Isabel bondir de joie en découvrant un énième accessoire Barbie.

— Tu as raison, frangine, soupire Max. On va emplir la soute rien qu'avec ses cadeaux.

Nous sursautons lorsque ma nièce pousse un cri strident.

— Papa ! J'ai eu une vraie couronne de princesse ! s'écrie-t-elle en courant dans les bras de son père.

— Waouh, elle est super-jolie, Bell, dit Max. Attends une seconde, laisse-moi voir ça, ajoute-t-il en prenant le diadème pour l'étudier à la lumière des fenêtres. Qui te l'a offert, ma puce ?

Je secoue la tête, parce que moi je lui ai offert la Barbie groupe de rock. Maddy désigne le chevalet et les aquarelles, et Claire et Jeanine pointent du doigt des cadeaux qui n'ont pas encore été ouverts.

— Laisse-moi voir, ma belle, je dis.

Elle me tend le diadème en sautillant sur place dans son pyjama rose fuchsia. Il est incrusté d'une variété de cristaux et quand je regarde à l'intérieur, je vois l'inscription *Swarovski.* Doux Jésus ! C'est un vrai diadème en cristal. Le genre que portent les femmes riches pour leur mariage ou des galas privés.

— Qu'est-ce qu'il y avait écrit sur le paquet, Isabel ?

Elle hausse les épaules et met le diadème sur sa tête, puis elle tape dans ses mains et tourne sur elle-même comme une véritable princesse.

Wes s'assied sur l'accoudoir et me tend une tasse de café. Il est à croquer dans son pantalon de pyjama rouge à carreaux verts et son t-shirt blanc. Si je ne l'avais pas dévoré hier soir, je baverais. Les courbatures entre mes jambes me rappellent la force avec laquelle je l'ai chevauché, mais ça ne change pas mes projets pour ce soir. Il m'a peut-être convaincue de renoncer à mon vœu d'abstinence, mais c'est moi qui aurai le dernier mot ce soir.

— Je vois que tu as eu ma couronne ! Elle te va à ravir, Bell, dit-il à notre nièce.

Max et moi tournons la tête vers lui en écarquillant les yeux. Maddy ricane en secouant la tête et Claire sourit tendrement.

— Quoi ? dit Wes, ignorant clairement pourquoi son cadeau est ridicule.

— Tu as acheté à une petite fille de cinq ans un diadème *Swarovski* ? je demande.

Il regarde Max puis moi, tour à tour.

— Ben, oui. Elle adore être une princesse. Les princesses ont besoin d'une vraie couronne, et celles dans les magasins de jouets étaient hideuses. On voyait encore la colle dessus. Celle-ci, dit-il en désignant la tête de Bell, a été faite par un artisan et le vendeur m'a assuré qu'elle était incassable.

— Tu es incroyable, je glousse en secouant la tête.

Je parie que cette couronne coûte plus cher qu'un aller-retour pour Paris.

— Regarde-la, dit-il en haussant les épaules. Elle l'adore. Tu es juste jalouse parce que je lui ai offert un cadeau plus cool que toi.

— C'est ça, bébé, je suis juste jalouse, je réponds en tapotant sa cuisse.

Il sourit, s'agenouille par terre et fouille dans la pile de papiers cadeaux. Il trouve le reste des paquets qu'il a achetés et les distribue à chacun.

Je pensais que les cadeaux que j'ai achetés étaient de la part de nous deux, mais apparemment il s'est occupé des siens. Note à moi-même : parler des cadeaux de Noël avec mon mari l'an prochain.

— Ne sois pas jalouse. Je t'ai acheté quelque chose qui brille, à toi aussi.

Je lève la main pour montrer ma bague de fiançailles.

— J'ai déjà quelque chose qui brille.

— Ce n'était pas ton cadeau de Noël. Ouvre-le.

Le petit paquet est emballé dans du papier rouge et doré. Je l'ouvre et découvre un petit écrin carré. Je regarde Wes en fronçant les sourcils, car il sait que je ne suis pas du genre à vouloir plein de bijoux.

— Fais-moi confiance, dit-il en effleurant ma joue du bout du doigt avant de passer une mèche derrière mon oreille.

J'ouvre la boîte et y trouve un cœur doré que la chaîne traverse en biais. Le centre est ajouré pour laisser voir la peau à travers. Il est tout simplement ravissant.

— Tourne-le et lis l'inscription.

Mon cœur t'appartient.

La gravure délicate suit les contours du cœur. C'est simple, mais la signification est très profonde. Je déglutis tandis que mon vrai cœur se met à battre la chamade.

— Ça te plaît ?

Je ferme les yeux en m'efforçant de ne pas pleurer. Je ne veux pas que les autres me voient tout émue, alors je me lève, prends son visage dans mes mains et l'embrasse sur la bouche. Le baiser dure longtemps, et j'en oublie que nous sommes devant toute notre famille. Cela dit, autant qu'ils s'y habituent, parce que Wes et moi avons toute notre vie pour montrer notre affection en public. Dans des moments comme celui-ci, je ne peux simplement pas me retenir.

— Gardez-en pour le mariage ! marmonne Max.

Je romps le baiser et plonge mon regard dans les yeux brillants de Wes.

— Ça lui plaît, chuchote-t-il.

J'essaie de prendre le dessus sur mes émotions et demande à Isabel de m'aider à trouver le cadeau de Wes.

Je le lui tends et il sourit en regardant le paquet guère plus grand que celui qu'il m'a offert. Il déchire le papier aussi vite qu'Isabel, ce qui m'apprend combien il aime recevoir des cadeaux. À l'avenir, je le gâterai aussi souvent que possible.

Il ouvre la boîte, découvrant une montre en or blanc avec un bracelet en cuir marron.

— Mia, elle est magnifique, dit-il en rougissant.

— Retourne-la.

Derrière, il y trouve deux lignes.

Parce que tu ne m'as pas oubliée…

Je suis à toi, Mia.

Il déglutit lentement, et je ne sais pas quoi penser.

— Je n'ai reçu qu'un seul autre cadeau qui soit plus beau que celui-ci, dit-il en levant la tête vers moi. Ton amour.

Je souris et l'embrasse de nouveau.

*

Bien plus tard dans la soirée, je sors de la salle de bains, vêtue du dernier cadeau de Noël de Wes. Mes seins sont superbes dans un soutien-gorge en velours rouge bordé de petites plumes blanches, et mes fesses sont à peine cachées par une minuscule jupe rouge assortie. J'ai mis des bas rouges qui m'arrivent aux cuisses, et j'ai parfait le tout avec des talons aiguilles noirs qui ne sont pas faits pour marcher. Ils sont faits pour baiser. Mes boucles noires tombent dans mon dos, chatouillant le creux de mes reins, et j'ai mis un chapeau de père Noël pour compléter le look.

Je m'appuie contre l'embrasure de la porte et la lumière de la salle de bains éclaire le lit, où Wes est allongé, le sexe déjà dur et perlant. Bon sang, j'ai envie de le lécher jusqu'à la dernière goutte. Le prendre en moi et lui montrer combien cette journée a compté pour moi. Combien il a changé ma vie. Je veux qu'il sente à chaque baiser, à chaque caresse, ce que je ressens pour lui.

Je garde la tête froide, lève le bras au-dessus de ma tête et me cambre de la manière la plus provocatrice qui soit.

— As-tu été sage cette année, mon garçon ? je demande d'une voix grave et suave.

— Putain… grogne-t-il.

— C'est un non, alors ?

Il tend les bras et ferme les poings, comme s'il ne pouvait pas se retenir.

— Dépêche-toi de venir ici et laisse-moi ouvrir mon cadeau ! gronde-t-il en empoignant sa queue.

Je monte sur le matelas et rampe jusqu'à lui.
Il en perd la tête… et moi aussi.
Mon mec est loin d'être sage, et j'adore ça !

Chapitre 10

Ma chère Mia,

Je suis désolé de ne pas avoir répondu à tes appels, ce mois-ci. Je ne veux pas que mes problèmes affectent ta vie plus que ce n'est déjà le cas.

Mia, je suis un homme brisé. Je savais déjà que j'étais alcoolique. Je comprenais que le chemin que j'empruntais était malsain et qu'il finirait peut-être par me tuer. L'an dernier, à la même époque, je m'en fichais. J'avais déjà perdu votre mère. Je vous avais perdues aussi, toi et Maddy, en vous repoussant. Mettre fin à tout ça aurait été simple. Je sais, maintenant, que c'était lâche.

Madison et toi n'auriez jamais dû avoir à supporter ce que je vous ai fait endurer. L'idée que tu aies dû travailler pour Millie pour me sauver et payer ma dette me rend malade. Je ne veux plus jamais être un fardeau pour toi ou ta sœur. Donc pour l'instant, je prends le temps de comprendre ce que je dois faire. Comment je peux changer, et si j'en suis capable.

Je te recontacterai quand j'aurai fait le point. Vis ta vie pour toi, maintenant. Ne t'inquiète pas pour moi. Je te demanderais bien de garder un œil sur ta sœur, mais c'est idiot de ma part. Tu as été un meilleur parent pour elle que ta mère ou moi ne l'avons jamais été.

Mia, j'espère que cet homme et ta vie en Californie te rendront heureuse. Je te le souhaite. Tu mérites une vie joyeuse, plus que quiconque.

Je t'aime plus que tu ne le sais,

Papa.

Les larmes ruissellent sur mes joues tandis que je relis la lettre que j'ai reçue il y a deux jours. Tant de sentiments conflictuels se bousculent en moi. Après tant d'années à m'occuper de papa, je suis censée arrêter ? Oublier que j'ai un père ?

Peut-être est-ce la grande idée, justement. En tout cas, c'est ce qu'il dit dans sa lettre. Je dois vivre ma vie. Continuer sans m'inquiéter pour lui. La dernière fois que j'ai fait ça, il a fini avec la dette d'un million de dollars qui m'a fait atterrir dans le bureau de Tante Millie. Je ne suis plus cette fille, je ne pourrai plus jamais l'être.

Demain, je vais épouser Weston Channing, troisième du nom. Il n'y aura plus de Mia Saunders. À sa place, il y aura une femme mariée, une femme meilleure, parce qu'elle aura l'amour de Wes avec elle pour gérer toutes les épreuves.

Plus je repense à sa lettre, plus je suis en colère. Comment ose-t-il me dire adieu ? Je n'en reviens pas. Je me marie demain. Je savais qu'il ne serait pas facile pour lui de voyager, mais je pensais qu'il ferait l'effort. Nous avions parlé du fait qu'il ne serait peut-être pas apte à voyager si tôt après sa sortie d'hôpital, et il m'avait juré que rien ne l'empêcherait de voir sa fille se marier. Wes allait lui envoyer son jet privé et payer des infirmières pour l'accompagner afin que mon père soit présent à mon mariage. C'est le seul jour de ma vie où j'ai besoin de sa présence. Je voulais qu'il vive pour moi un jour dans sa vie, et il n'en est pas capable. Et puis j'ai reçu sa lettre.

Installée sur le balcon de notre chambre, je regarde les vagues s'écraser sur la plage. Ici et là, des gens s'affairent pour préparer l'événement de demain. Une petite estrade en bois a été construite sous une tonnelle. Comme la plage appartient à Wes, un petit sentier de galets a été dessiné dans le sable et, demain, des fleurs inonderont le lieu que nous avons choisi pour nous marier. Plus tard, nous mettrons un banc à l'endroit où nous nous sommes dit oui.

— Salut, ma salope, qu'est-ce que tu fais ?

Je sursaute sur ma chaise.

— Bon sang ! Tu pourrais annoncer ta présence, la prochaine fois ?

Ginelle s'assied dans le fauteuil en face du mien et pose ses pieds sur la rambarde du balcon.

— Pourquoi tu es à cran ? demande-t-elle avant de baisser ses lunettes de soleil pour me regarder par-dessus ses verres. T'as les jetons ?

Je ricane en reculant dans ma chaise.

— Meuf, c'est à une nana de Vegas que tu dis ça ? Pas du tout !

— Si tu le dis. Mon Dieu, c'est quoi, ces Ugg ? Personne ne t'a jamais dit que c'était moche ? Quelle fille aime se balader comme si elle s'apprêtait à marcher dans un mètre de neige ? Je ne vois pas l'intérêt.

— Moi ! je m’exclamc en inspectant ma botte.

C’est vrai qu’elles sont moches. Si elles n’étaient pas si confortables, je les aurais jetées. Hélas, j’avais à peine mis mon pied dedans que j’étais conquise. C’est comme marcher sur un nuage.

— Alors, tu vas me dire pourquoi tu faisais la tronche ? Quand je suis arrivée, tu avais la tête de quelqu’un qui sent une mauvaise odeur et qui n’en trouve pas la source.

Je soupire et lui tends la lettre. Elle la déplie et la lit rapidement. Au fur et à mesure qu’elle avance dans sa lecture, ses lèvres deviennent blanches de colère.

— Je ne peux pas croire qu’il te fasse ça juste avant ton mariage ! Après tout ce que… C’est décidé, gronde-t-elle en secouant la tête. Je vais le tuer moi-même. Il n’a pas le droit de te faire ça après tout ce que tu as sacrifié pour lui.

Elle se lève et pose les mains sur ses hanches.

— Tu sais quoi ? Je vais l’appeler. Je vais lui dire que c’est un lâche, un bon-à-rien…

Je l’arrête en lui prenant la main.

— Ça n’arrangera rien. Ça n’aura pour résultat que de le faire culpabiliser, et il pourrait se remettre à boire pour oublier ses problèmes.

Cela dit, je crois que c'était inévitable. Le ton de sa lettre ne laisse pas beaucoup d'espoir. Mais tu sais quoi, Gin ?

Elle soupire et se rassied.

— Je ne peux plus m'inquiéter pour lui. C'est fini. Bien sûr, j'aimerai toujours mon père. Quoi qu'il fasse, bien ou mal, ça ne changera pas mon amour pour lui. Mais je n'ai pas de place dans mon cœur, aujourd'hui, pour le laisser m'affecter. Ni lui ni ma mère. Est-ce que ça fait mal ? Bon sang, ouais. C'est atroce. Mais demain est un nouveau jour.

Je pense au sourire de Wes, à sa façon de me toucher, de me regarder.

— Avec Wes, tout devient beau. Même moi. Je vais me concentrer sur ça et vivre ma vie en me noyant dans la beauté de Wes et de notre vie ensemble.

Gin hoche la tête.

— Avant tout, que ce soit clair, tu as toujours été belle. Tu es canon, une véritable bombasse. Deuxièmement, je respecte ta décision. Je ne la comprends pas, parce que personnellement, j'ai envie de mettre à ton vieux un coup de pied entre les jambes, mais je sais que tu as besoin de tourner la page. Il est temps. Il est temps pour nous tous d'avancer.

Elle regarde au loin, ses beaux yeux bleus se perdent dans l'océan.

Je peux profiter de cette vue tous les jours. J'ai une chance incroyable et il faut que je cesse de me morfondre et que je commence à apprécier tout ce que j'ai. Cependant, d'abord, je dois revenir sur ce que dit Ginelle.

— Est-ce que je dois comprendre que tu avances… à Hawaï ?

Elle sourit tristement et tourne la tête vers moi.

— Non, hélas non. Je vais rester ici un moment. Si ça ne vous gêne pas que je squatte votre maison, bien sûr.

— Pas du tout ! Reste aussi longtemps que tu veux. Pour toujours, même. Je t'ai déjà dit que je veux que tu sois là. J'ai besoin de toi. Si je m'installe ici, je veux que ma meilleure amie soit avec moi. Mais je dois t'avouer que je suis un peu surprise. Tao et toi, vous vous entendiez bien, non ?

— Ouais, répond-elle en hochant la tête. Il est tout ce dont je rêve chez un homme. Mais ce n'est pas moi qu'il veut. Enfin… il veut certaines parties de moi, ajoute-t-elle en souriant d'un air machiavélique.

— Qu'est-ce que tu veux dire ? je dis en lui frappant le bras.

Elle hausse les épaules et croise les bras, comme si elle se mettait sur la défensive.

— Il aime passer du temps avec moi, plaisanter, et la baise est spectaculaire…

— Ça a l'air parfait, je dis pour éviter qu'elle me donne les détails.

Quand il s'agit de sexe, ma meilleure amie n'est pas pudique… du tout. Elle aime donner autant de détails que possible et, parfois, je suis contente de les entendre. Mais pas la veille de mon mariage. J'aimerais que ce jour soit sacré, si possible.

— Il veut une femme et une mère pour ses futurs enfants. Une femme dont il peut s'occuper, pas une femme qui veut travailler. J'ai passé des années à m'entraîner. J'ai encore quelques bonnes années à danser avant de devoir arrêter. Et après ça, j'ai toujours rêvé que j'ouvrirais une école de danse pour les petits. Comme ça, si un jour je veux des enfants, je pourrai les emmener au studio avec moi. Ma prof faisait ça quand j'étais petite. Ses gamins étaient dans un parc dans un coin de la salle. Je trouvais ça super-cool. J'ai grandi avec ses enfants et j'ai dansé avec eux dans des récitals plus tard. C'est trop demander, tu crois ?

— Non, pas du tout. Si c'est ton rêve, alors tu dois te battre pour qu'il se réalise, à moins qu'une opportunité encore plus alléchante ne se présente. Tu as parlé à Tao de tes projets ?

— Ouais, et il a dit que sa femme ne travaillerait jamais, sauf dans le spectacle familial.

— Ben, ils sont danseurs après tout, peut-être que tu pourrais…

Elle lève les yeux au ciel et me regarde comme si je venais d'annoncer que Brad Pitt était à la porte et se proposait de lui faire des enfants.

— Ouais, mauvaise idée, je soupire. Ce n'est pas vraiment ton style de danse.

— Pas vraiment, non.

— Mais… Tao est ton type de mec. Est-ce qu'il mérite que tu abandonnes un rêve pour un autre ?

Elle ferme les yeux et inspire lentement.

— Est-ce que je suis affreuse de dire que non ? Du moins, pas maintenant, à vingt-cinq ans. Dans deux ou trois ans, je verrai peut-être les choses différemment. Mais d'ici là…

— Il aura tourné la page. Je comprends. Alors, la rupture a été nette ?

— Absolument pas, non. Mais j'espère qu'il comprendra le message.

— Tu veux dire avant qu'il ne reprenne l'avion pour venir te chercher ?

— Exactement ! s'exclame-t-elle. Maintenant, va me faire un sandwich, tu veux ?

Cette nana est folle. Je pousse un grognement et pose mes pieds sur la rambarde.

— C'est ma dernière soirée avant d'être mariée !

— Eh, c'est pas ma faute s'il t'a passé la bague au doigt. C'est toi, la responsable. Maintenant, lève-toi et va me faire à manger, dit-elle en saisissant ma main et en m'obligeant à me lever. Et arrête de te morfondre. Les prochaines vingt-quatre heures sont censées être les plus joyeuses de ta vie, et, en tant que demoiselle d'honneur, je vais m'assurer que ce soit le cas.

Elle froisse la lettre de mon père et la jette par-dessus le balcon sur la plage. Je ne me penche même pas pour voir où elle a atterri.

— Tu as conscience que c'est Maddy ma demoiselle d'honneur, n'est-ce pas ?

Elle plaque ses mains sur ses oreilles et se met à chanter.

— La la la laaaaa la la la laaaaa.

Boh, Maddy s'occupera d'elle.

*

Les couvertures se soulèvent si lentement que je n'aurais rien remarqué si le matelas ne s'était pas aussi enfoncé sous son poids. Je m'efforce de ne pas changer ma respiration pour qu'il ne sache pas que je suis réveillée. Le parfum de mon homme et de l'océan envahit mes sens, réveillant mon désir pour lui. Je feins néanmoins de dormir, curieuse de savoir ce qu'il a prévu dans cette attaque surprise.

Quelque chose de frais touche mon cou et descend le long de mon dos, et je ne peux pas m'empêcher de frissonner.

— Je sais que tu ne dors pas, chérie, grogne Wes avant de mordre ma fesse à travers ma culotte en coton.

Je n'attendais pas la visite de mon fiancé, car nous nous sommes mis d'accord pour ne pas nous voir la veille de notre mariage. C'est Claire Channing qui m'en a parlé et la tradition m'a paru plutôt mignonne.

Et voilà que mon mec enfreint les règles.

— On n'est même pas mariés, et tu romps déjà les traditions ?

Il saisit ma culotte et la baisse sur mes cuisses.

Je reste allongée sur le ventre, visage tourné vers le côté, attendant son geste suivant. S'il veut enfreindre le règlement, c'est à lui de faire tout le travail. Comme ça, je pourrai dire que je n'étais qu'une victime sans défense.

— Comme si tu y tenais vraiment, ricane-t-il en frottant cette chose froide sur mes fesses nues avant de la glisser entre mes cuisses.

— Oh !

Je sursaute lorsque la chose effleure mon clitoris, mais elle disparaît, me laissant avec un manque terrible.

— Des roses et le miel de tes cuisses, grogne Wes. Bébé, j'en ai l'eau à la bouche.

Je roule sur le côté pour le voir. Wes frotte une rose rouge sous son nez et, lorsque nos regards se croisent, il sort la langue pour lécher le bord d'un pétale.

— C'est délicieux, mais ça ne suffit pas, dit-il, et son regard s'enflamme.

Je le regarde me chevaucher et mon pouls accélère.

— Wes, tu n'es pas censé être là, je gronde sans conviction.

Des bouffées de chaleur explosent dans mon bas-ventre et se propagent dans le reste de mon corps. Wes me regarde comme si j'étais une fontaine de jouvence et qu'il mourait de soif. Il n'a clairement pas l'intention de bouger, sauf pour enfouir sa grosse verge en moi. Je le sais, il le sait, alors pourquoi je lutte ?

Ah oui, sa mère. Elle a suggéré que pour avoir un mariage heureux, il faut s'abstenir la veille des noces. Il ne faut pas que l'époux voie sa femme avant qu'elle ne vienne vers lui à l'autel. Ce sont des superstitions idiotes, mais elles m'ont paru logiques quand elle m'en a parlé. Or maintenant, face à Wes, consciente de ce qu'il veut me faire... ces superstitions ne m'intéressent plus.

Wes me survole avec un air féroce. Il lève un bras pour enlever son t-shirt et m'offrir son torse délicieux. Je ne peux pas lutter face à ses abdos sculptés et ses pecs en béton. Ma seule envie est d'y promener ma langue, pour sentir toutes ses bosses et ses creux, et une fois que ma bouche est sur lui... je suis foutue.

Tu as la volonté d'une guerrière, je gronde dans ma tête. J'ai entendu cette phrase dans une publicité, ou quelque chose que j'ai vu à la télé.

— Est-ce que tu vas me refuser ce qui est à moi ? dit Wes en posant ses mains sur le haut de mon marcel.

Ses mains se referment et, d'un geste brusque, il le déchire en plein milieu.

Doux Jésus. *Tu as la volonté d'une guerrière.*

Il se penche en avant tandis que je fais non de la tête. Les mots ne me viennent pas. Sa bouche chaude se referme sur un téton et il le suce aussi fort que possible.

Tu as la volonté d'une guerrière...

— Wes... je chuchote.

— Dis-moi que tu n'as pas envie de moi et je partirai.

Il s'attaque à l'autre téton avec des coups de langue féroces. Pendant qu'il s'occupe de l'un avec sa bouche, ses doigts pincent, frottent et tirent l'autre de sorte que, bientôt, mon bassin avance et recule sans que je le lui aie ordonné, cherchant quelque chose pour soulager ce manque infernal.

— Euh... je ne peux pas, je soupire en tenant sa tête contre moi et en me cambrant dans sa bouche.

— C'est ma nana, ça, dit-il en suçant fort, comme s'il voulait prendre tout mon sein dans sa bouche.

Je l'encourage en gémissant et en le maintenant en place, le suppliant de continuer.

Wes place un genou entre mes cuisses et les écarte pour s'y installer. Je suis habituée à cette technique. Après tout ce temps, je les connais toutes. Ce soir, il semble vouloir être près de moi, aussi près que possible. Il plaque son corps contre le mien de sorte que toute ma peau soit en contact avec la sienne.

Sans prévenir, il soulève son bassin et s'enfouit complètement en moi. Je gémis et mon sexe se contracte brusquement.

— Mon Dieu ! je m'écrie quand il se retire pour m'empaler de nouveau.

— Je vais t'aimer comme ça pour l'éternité, Mia.

Il recule le bassin et l'avance de nouveau.

— Chaque jour de ma vie.

Encore un aller-retour.

— Tu seras aimée pour toujours… promet Wes avant d'accélérer.

Je m'accroche à lui et chuchote mes promesses d'amour éternel contre sa gorge, ses lèvres, son torse, et tout ce que je peux atteindre jusqu'à ce que la pression devienne trop importante. Des pulsations explosent dans le bas de mon dos et des décharges électriques parcourent mes veines, électrisant tous mes pores, me faisant frémir des pieds à la tête. Il s'enfouit en moi une fois, deux fois, trois fois, et je me laisse emporter par la vague. Au-dessus de moi, le corps de Wes est comme une machine de muscles bandés dont le seul but est de me procurer autant de plaisir que possible. Il accélère toujours les va-et-vient jusqu'à me faire crier de nouveau, et il avale mes cris dans un baiser langoureux et passionné. Je mords sa lèvre, et son corps se crispe. Il s'accroche à moi, comme s'il allait être emporté, lui aussi, par les eaux tumultueuses du plaisir. Quelques coups de bassin supplémentaires et il reste enfoncé en moi, écrasant mon clitoris ultrasensible, déclenchant une dernière décharge de désir dans mes veines.

Des minutes passent et nous restons l'un contre l'autre, à bout de souffle. Je suis presque inquiète de constater combien il me désire. Quand sa mère a suggéré l'idée, tout à l'heure, il a accepté sans résister. Peut-être n'a-t-il jamais eu l'intention de s'y tenir. Je soulève son visage et le regarde dans les yeux.

— Est-ce que ça va ?

— Je suis avec toi. Bien sûr que ça va.

Bonne réponse, je me dis avant de l'embrasser langoureusement.

— Il y a une raison particulière à ton envie de rompre avec la tradition ?

Il éclate de rire.

— En fait, j'ai respecté la tradition.

— Comment ça ?

— Il y a une tradition qui dit que si tu veux passer la nouvelle année avec la personne que tu aimes, tu dois l'embrasser lorsque la pendule annonce minuit.

Je regarde l'heure, le radio-réveil indique 0 h 15.

— Mais il est minuit passé.

— Oh, mais je t'embrassais à minuit. Quand le douzième coup a sonné, tu criais au moment de ton deuxième orgasme, que j'ai avalé tout entier.

— Tu es fou, je dis en le poussant tendrement.

Il se décale pour être allongé à côté de moi et il promène ses doigts sur mon corps, comme s'il voulait graver ce moment dans sa mémoire.

— Tu es prête pour aujourd'hui ?

— Je n'ai jamais été aussi prête.

Il sourit jusqu'aux oreilles et semble si heureux que mon cœur fond un peu. Je me blottis contre lui.

— C'est pour ça que tu es là ? Pour t'assurer que je ne vais pas m'enfuir comme Julia Roberts dans *Just Married (ou presque)* ?

— Non, j'ai confiance en notre amour. C'est juste que je n'ai pas ressenti le besoin d'être loin de toi. On a passé assez de nuits loin l'un de l'autre, tu ne crois pas ?

— Tu as raison. C'est notre tradition à nous, de nous embrasser à minuit le soir du nouvel an et de passer la veille de notre mariage dans les bras l'un de l'autre.

— Il n'y a nulle part où je préférerais être. Maintenant, dors. On a une grosse journée demain.

Il me fait un clin d'œil et m'embrasse sur le front.

Épilogue

Weston

Lorsque vous plongez votre regard dans les yeux de la personne avec qui vous allez passer le reste de votre vie, ça vous frappe. C'est la dernière femme que vous allez embrasser. La dernière avec qui vous vous coucherez. La seule femme qui vous suivra pour le restant de vos jours sur cette terre. Il y a quelque chose de définitif dans cette idée, mais ça ne semble pas être une finalité pour autant. C'est plutôt un soulagement. Comme si vous aviez marché un million de jours en allant droit devant vous et que, soudain, vous réalisiez que vous avez atteint votre but. Mon but, c'est ça, cette fin heureuse. Pour nous deux.

Mia. Quand elle est apparue sur le porche au bras de son frère, tout a disparu. Le bruit des vagues, les invités qui, comme moi, admirent la femme en blanc qui descend les escaliers pour emprunter le chemin de galets… ma sœur, à mes côtés, disparaît aussi, tout comme le prêtre.

Il n'y a plus que Mia. Il n'y aura jamais plus que Mia. Elle est ma raison d'exister. Sans elle, je ne serais pas là aujourd'hui.

Ses pas sont mesurés, en rythme avec cette musique que je n'entends plus. Un pied devant l'autre. Sa robe est simple et élégante, comme elle. Elle a de petites bretelles fines et un décolleté orné de cristaux qui plonge entre ses seins. J'adore sa silhouette en forme de huit et ses courbes somptueuses. La robe est cintrée sur sa taille fine puis elle est évasée, volant légèrement dans la brise de janvier. La météo de Malibu est clémente et nous offre un soleil parfait pour le jour le plus important de nos vies.

Ses épaules, ses bras, ses jambes et ses pieds sont nus. Les seules touches de couleur sont ses ongles de pieds roses, ses lèvres délicieusement rouges et, bien sûr, ses yeux.

Mes amis plaisantent en disant que c'est le corps de Mia qui m'a fait perdre la tête, mais ce n'est pas vrai. Ce sont ses yeux vert pâle et brillants comme des émeraudes.

Ces yeux m'ont tenu en laisse dès le premier jour, dès la première fois qu'elle a enlevé son casque de moto et que le soleil a illuminé ces iris merveilleux. J'ai su tout de suite qu'elle serait ma fin. Ce que je ne savais pas, en revanche, c'est qu'elle était aussi le début et le milieu. Je n'ai plus voulu connaître un seul jour sans Mia. Elle rend les jours sombres plus clairs, les jours difficiles plus doux et les beaux jours encore plus merveilleux. Il n'y a rien que je ne ferais pas pour la femme qui marche vers moi, prête à me prendre pour époux. Je ne peux qu'espérer que je lui suffirai, maintenant et chaque jour jusqu'à mon dernier.

— Weston Channing, troisième du nom, voulez-vous prendre pour épouse…

Mia articule « troisième du nom » en même temps que le prêtre, et je ris, faisant mine de tousser lorsque le prêtre me regarde.

— Sois sage, je chuchote dans son oreille.

Elle me fait un clin d'œil.

Je la regarde droit dans les yeux et le pense du fond du cœur lorsque je dis « je le veux ».

Elle m'offre un de ses larges sourires dont elle seule a le secret.

— Et vous, Mia Saunders, voulez-vous prendre pour époux…

Je n'entends plus rien jusqu'à ce que ses lèvres pulpeuses bougent.

— Je le veux, dit-elle avant de se lécher la lèvre et de la mordre.

Comme nous nous le sommes promis, nous échangeons de simples alliances en or blanc, sans diamant ni fioriture. Mia n'est pas du genre à vouloir crouler sous les bijoux. Ma nana aime plutôt vivre avec le vent dans les cheveux quand l'aiguille du compteur atteint des niveaux dangereux. Et comme je suis le genre de mec qui aime donner à sa femme ce qu'elle veut, et qu'il n'y a rien que je désire plus que son bonheur, son vrai cadeau de mariage l'attend dans l'allée devant la maison.

Je me suis lâché et j'ai acheté la MV Agusta FCC qui la fait baver depuis des mois. Je l'admets, j'ai fouillé l'historique de son navigateur. Cette femme est dingue. On pourrait s'attendre à voir des liens pour Victoria Secret et Gucci, mais non… La majorité de ses recherches concernent des destinations de lune de miel et des sites de motos.

Je souris tandis que le prêtre poursuit son bla-bla. Je meurs d'impatience en lui tenant les mains, attendant le moment qui nous unira pour la vie.

— Vous pouvez embrasser la mariée.

Il vient à peine de prononcer ces mots que je prends le visage de Mia dans mes mains pour dévorer sa bouche. Elle a un goût de menthe et de champagne, et c'est délicieux. Je penche sa tête sur le côté et plonge ma langue dans sa bouche, entamant une danse avec la sienne. Un gémissement lui échappe tandis qu'elle fond contre moi, agrippant mes épaules pour me serrer contre elle. Je vis pour ses moments où elle s'accroche à moi. Ça prouve que chacun de nos baisers compte autant pour elle que pour moi.

Je ne veux jamais la lâcher, et ce qu'il y a de merveilleux dans le fait d'épouser la femme que j'aime, c'est que je n'aurai jamais à le faire.

Durant cette dernière année, aux côtés de Mia et grâce à elle, j'ai moi aussi appris à faire confiance à la vie. Toutefois, quand on y pense, les aventures ne finissent jamais vraiment. Chaque jour pourrait être le début d'une autre. D'une nouvelle vie. Avec Mia, notre famille et les amis qu'elle et moi nous sommes faits cette année… notre aventure vient tout juste de commencer.

FIN

Si vous voulez…
Tournez la page pour une spéciale
« Où sont-ils maintenant ? » !

Où sont-ils maintenant ?

Alec Dubois – L'artiste à la renommée internationale et la bouche si sexy vit désormais en France, où ses tableaux continuent de s'arracher à prix d'or. Alec partage son temps entre deux femmes fatales qui prétendent toutes deux être enceintes de lui.

Hector et Tony Fasano – Les deux se portent très bien et vivent le rêve américain. Ils se sont mariés peu de temps après Wes et Mia et ils ont engagé une jeune étudiante pour être mère porteuse pour eux. Elle leur a fait don de deux ovules pour que chacun ait un enfant biologique. Ils ont financé ses études, et elle travaille désormais pour eux au siège de leur entreprise. La marque de surgelés Fasano a dépassé toutes les attentes et a pris la première place dans le classement des plats congelés. Chaque Fasano est désormais multimillionnaire, y compris Mama Fasano.

Mason et Rachel Murphy – Mason et Rachel se sont mariés comme prévu lors d'un mariage gargantuesque que *People Magazine* a décrit comme le « mariage du siècle ». Mia était un des témoins de Mason, canon dans un tailleur noir. Mace et Rachel ont trois enfants qui occupent leur mère pendant que son mari continue de battre des records dans le monde du base-ball. Un jour, lui et sa femme ont l'intention d'acheter une équipe.

Taï et Amy Niko – Leur mariage hawaïen était somptueux, avec des danses traditionnelles et des danses de feu. Depuis, Amy n'a pas cessé d'accoucher de mini-Taï et, après quatre garçons, Amy a enfin eu une petite fille blonde aux yeux bleus qu'ils ont appelée Natia, ce qui veut dire *trésor caché* en samoan.

Warren et Kathleen Shipley – Le couple coule des jours heureux à parcourir le monde. Le projet de Warren a été acclamé de nombreuses fois au fil des ans, apportant des ressources vitales aux pays du tiers-monde et aux peuples déchirés par la guerre. La Croix-Rouge américaine lui a décerné le prix d'Humanitaire de l'Année.

Aaron Shipley – Il a été destitué de la Chambre des représentants et déclaré coupable de corruption devant le Sénat, peu de temps après ses soucis avec Mia. Son père lui ayant coupé les vivres, Aaron a détourné de larges sommes d'argent de ses sponsors en promettant des faveurs aux dirigeants de grandes entreprises, en échange de leur voix au Sénat. Il est actuellement emprisonné au centre pénitentiaire de Bakersfield, en Californie.

Anton Santiago et Heather Renée – Ils ont passé les dix dernières années à la tête de tous les classements hip-hop du pays. Ils sont désormais à la tête de leur label de musique, *Lov-us Productions*, actuellement le plus couru de l'industrie musicale. Leurs jours et leurs nuits sont occupés par leur travail et la petite fille qu'ils ont eue ensemble et qu'ils ont appelée Fate[1]. Ils sont toujours meilleurs amis, ce qui les a poussés à décider d'avoir un enfant ensemble avant qu'ils ne soient trop vieux. Les deux sont heureux de vivre ensemble avec leur fille, tout en poursuivant les rencontres.

Maxwell et Cyndi Cunningham – Ils vivent toujours dans le même ranch au Texas avec leurs

---

1. Destin.

cinq enfants. Au grand désespoir de Max, Jackson est le seul garçon, et Cyndi a refusé d'en avoir d'autres. Une de leurs filles a pour second prénom Mia, et une autre Madison. Ils ont donné à leur quatrième et dernière fille le nom de la mère de Cyndi. Max est occupé à diriger Cunningham Oil & Gas aux côtés de sa petite sœur.

Blaine Pintero – Lui et son équipe de brutes ont été condamnés dix fois à perpétuité pour avoir posé une bombe qui a tué dix personnes. Les victimes étaient toutes des trafiquants de drogue, des proxénètes, des comptables coupables de blanchiment d'argent et des assassins recherchés par la police. Finalement, c'était plutôt gagnant-gagnant.

Michael Saunder – Il ne s'est jamais remis du départ de sa femme, qui a fini par divorcer après quinze ans. Il est resté à Las Vegas et travaille comme agent d'entretien dans un bowling. Il ne parie plus et n'emprunte plus d'argent, mais il sombre régulièrement dans l'alcoolisme. Mia et Madison ont très peu de contact avec leur père.

Docteur Drew Hoffman – Il est encore le médecin des stars à Hollywood, il s'est marié et a divorcé six fois.

Kathy Rowlinski – Elle a gravi les échelons, et elle est désormais PDG de Century Productions. Elle a une villa immense à Beverly Hills et elle a épousé son assistant.

Kent et Meryl Banks – Leur vie n'a pas changé. Kent dessine des plans pour des chalets modernes qui sont construits partout dans le monde tandis que sa femme (désormais légale) continue de peindre et de diriger sa galerie. Ils vont régulièrement au Texas pour chouchouter leurs petits-enfants.

Millie Colgrove « Miss Milan » – Elle continue à la tête d'Escorts Exquises. Elle a une clientèle d'élite, et ses employées sont superbes et réputées pour être discrètes. Millie « fréquente » un gentleman distingué qui était venu la voir à la recherche d'une femme plus mature. Plutôt que d'engager une escort, il a tout fait pour séduire Millie. Cela fait plusieurs années qu'ils sont ensemble, mais Millie refuse de le désigner autrement que comme son ami, craignant de porter malheur à leur relation en lui mettant une étiquette.

Ginelle, alias « ma salope chérie » – Elle dirige une école de danse élitiste à Los Angeles, dont les élèves sont des célébrités ou des acteurs en devenir qui ont besoin d'apprendre à danser.

Elle a connu plusieurs relations, bonnes et mauvaises, jusqu'à ce qu'elle rencontre un homme qu'elle n'a pas pu fuir. Sa vie sera toujours mouvementée, mais elle est plus heureuse qu'elle ne l'a jamais été.

Madison et Matt Rains – Madison a terminé son doctorat et elle est désormais à la tête du département de recherche scientifique de Cunningham Oil & Gas. Matt et ses parents gèrent la ferme *Channing, Cunningham and Rains*. Madison et son mari ont un fils nommé Mitchell, et ils attendent leur deuxième garçon. Ils n'ont pas encore choisi de nom, car ils se disputent sur le choix d'un autre prénom en « M ». Maddy veut poursuivre la tradition, et Matt veut rompre avec pour en commencer une nouvelle.

Wes et Mia Channing – Nos héros et héroïne mènent une vie heureuse à Malibu durant l'année scolaire et passent la plupart des vacances au Texas. Ils ont deux enfants, Marshall Jackson et Madilyn Claire. Ensemble, ils écrivent, produisent et dirigent leurs propres films. Le dernier qu'ils ont écrit et produit, *Calendar Girl*, est resté premier au box-office pendant six semaines et a rapporté trois cents millions de dollars dès la première semaine. Ils passent leurs journées à surfer, jouer avec leurs enfants, travailler sur leur dernier projet et faire l'amour au rythme des vagues. Ils font confiance à la vie qui les a réunis et poursuivent l'aventure côte à côte, main dans la main.

FIN

Pour l'instant…

À propos de l'auteur

Audrey Carlan vit dans la belle California Valley ensoleillée, à deux heures de la ville et de la plage, au milieu des montagnes et des vignes merveilleuses. Elle est mariée à l'amour de sa vie depuis plus de dix ans et elle a deux jeunes enfants qui méritent tous les jours leur titre de « monstres en folie ». Lorsqu'elle n'écrit pas des histoires d'amour érotiques, qu'elle ne fait pas du yoga ou qu'elle ne sirote pas un verre de vin avec ses « âmes sœurs » – trois voix uniques et incroyablement différentes dans sa vie –, on la trouve plongée dans un livre. Plus précisément un roman chaud et plein d'amour !

Elle apprécie tous vos retours, alors n'hésitez pas à la contacter aux adresses ci-dessous.

E-mail : carlan.audrey@gmail.com
Facebook : facebook.com/AudreyCarlan
Site web : www.audreycarlan.com

PAPIER À BASE DE FIBRES CERTIFIÉES

Le Livre de Poche s'engage pour l'environnement en réduisant l'empreinte carbone de ses livres. Celle de cet exemplaire est de :
250 g éq. CO_2
Rendez-vous sur www.livredepoche-durable.fr

Composition réalisée par Lumina Datamatics

Imprimé en France par CPI
en novembre 2018
N° d'impression : 3030834
Dépôt légal 1re publication : décembre 2018
LIBRAIRIE GÉNÉRALE FRANÇAISE
21, rue du Montparnasse - 75298 Paris Cedex 06

58/2201/4